RACCONTI
DELLE
MILLE E UNA NOTTE

図説
千夜一夜物語
アラビアン・ナイト

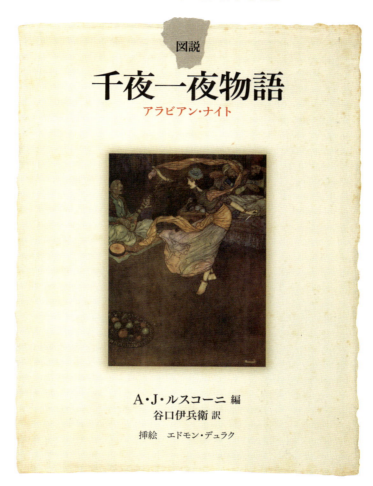

A・J・ルスコーニ 編

谷口伊兵衛 訳

挿絵　エドモン・デュラク

而立書房

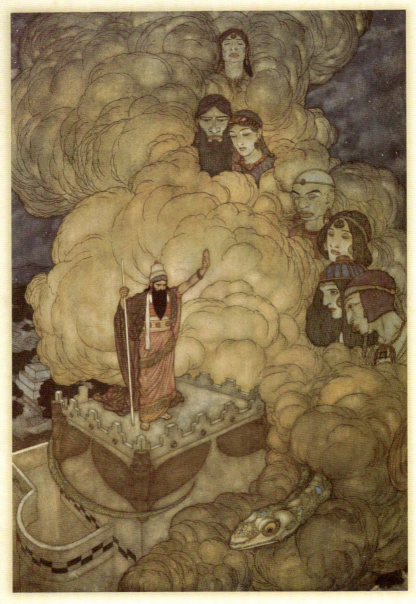

I
（本文13頁）

Ⅱ
（本文95頁）

Ⅲ
（本文133頁）

目　次

はしがき　5

漁師と魔神　9

暗黒諸島の王　30

アリ・ババと四十人の盗賊　44

魔法の馬　85

コダダードとその弟たち　119

デリヤバールの王女　131

訳者あとがき　157

装幀・大石一雄

シェーラ・ザード

図説「千夜一夜物語(アラビアン・ナイト)」

恩師　松本重彦先生の御霊前に捧ぐ

RACCONTI   DELLE MILLE E UNA NOTTE
VERSIONE DI
ARTURO JAHN RUSCONI
con illustrazioni di EDMOND DULAC

Istituto Italiano d'Arte Grafiche-Editore, 1924, Bergamo

はしがき

　『千夜一夜』(アラビアン・ナイト)（*Alif laila wa laila*）の女主人公シェーラ・ザードが自ら拾い集めて表明しているのは、オリエントでもっとも純粋かつもっとも優雅な彫琢（ちょうたく）された精髄です。謎めいたオリエントの美しさ、若々しさ、上品さ、豊富さがこの乙女の甘美な人柄に集中されているかに見えます。ですから、彼女は言葉と空想力の魅惑的な力だけで、残忍獰猛（どうもう）かつ野蛮なサルタンの怒りを鎮めることに成功したのです。

　長い咄の端緒となっている文学的虚構は、本書のうちでもっとも美しい、かずかずの物語にふさわしいものです。

　インド諸島の王シャーリヤーズは王を裏切った妻に復讐するために、彼女を殺害しました。そして、毎日ひとりの少女と結婚しては婚礼の翌日にはこれを必ず殺害させることに決めたのです。この野蛮な刑罰は多くの家族を悲しみと絶望に追いやり、多くのうら若い少女たちの心をひきちぎってきたところ、シェーラ・ザードという、大臣の絶世の娘が、サルタンの獰猛な怒りを鎮めようと進んで申し出たのです。

　妹ドゥンヤー・ザードとの合意のもと、最期の時間に王の間近に居てもよいとの許可をサルタンから得てから、シェーラ・ザードは計画を実行したのです。婚礼の夜の後、死刑執行の寸前になって、ドゥンヤー・ザードはシェーラ・ザードに頼んだのです――宿命の夜明けを待つ間、彼女が見事に語ってきた咄の一つを話してはくれまいか、と。するとシェーラ・ザードはサルタンの許可を得てから、語り始めたのです。

　夜明けになりかけても、その咄はいまだに終わらずに、むしろより面白いところに差しかかっていたのですが、夜明けとともにシェーラ・ザードはこの世を去らねばなりませんでした。でも、サルタンは咄に興味があったために、そ

の結果を知りたがり、処刑を翌日に引き延ばしたのです。そして翌日になってもその咄は依然として終わらず、処刑はまたしても延期されたのです。こうして、一つの咄が終わると、シェーラ・ザードはもっと面白い別の咄を始め、このようにしてその結末を遅らせ続けたのです。それで、千夜一夜の物語が終わるときには、サルタンは怒りも静まり、きっぱりと自らの野蛮な目論みを断念しました。そのため、シェーラ・ザードはインド諸島のうちで恵まれた妻君であり続けたのです。

　最良の宝をすべて包蔵するこの物語集を鐘愛したのは民衆の空想力でした。なにしろ、『千夜一夜』は一作家の作品なのではなくて、幾世紀も続いた共同作業の成果なのですから。これには一民族全体が寄与しましたし、彼らはこの作品の中で希望、夢、願望、憧れ、魂全体を表現したのでした。

　この書物の起源は今では散佚してしまった古いペルシャの物語集に由来します。そこでの構成・展開の主要要素は多くの物語がそうだったように、同じものでした。ペルシャからアラビアと移植されて、物語は富化されましたし、また聞き手や散策しながら物語を語り継いでいった人びとの趣味・宗教・習慣・精神に応じて変形していきました。そして、初期の豊かな物語の成果は、だんだんと多様かつ異種の起源を持つ物語へと増大したのです。

　こうしてゆっくりと構想が練り上げられるうちに、この作品はイスラム世界の統一性と多様性を精確に反映したり、顕示したりしていくのです。

　起源がペルシャ系だとはいえ、この作品は特殊アラブ的なものと化し、そして、アラビア語からペルシャ語、トルコ語、ヒンディー語へと翻訳されて、オリエント一円に普及します。アラブ民族の熱烈な空想力が五、六世紀間の推敲と変形の中で、そこに蓄積することのできたあらゆる優美さで彩られていったのです。カイロからダマスカス、モロッコからバグダッドへと、イスラム世界は無限の多様な咄の中で反映しています。そのありさまは国民的叙事詩の中と同じでもあり、それ以上でもあります。

　西欧の精神からすると、このイスラム世界の多くの面はやや不可解に見えま

すが、詩の高尚さ、空想力の激しさ、優美さ、騎士道精神、ヒロイズム、アラブ民族およびアラブ文明のあらゆる最良の長所はあまりにも生き生きと現われていますから、それらはより近代的で、より洗練された、より静かで複雑な、ヨーロッパ人の感性のうちにさえも反響が認められます。

　この名著におけるもっとも美しくて、もっとも奇異で、もっとも興味深い咄の幾篇かからなる本書が意図しているのは、事実よりも名目のほうが知れ渡っている、この空想物語集の少なくとも一部なりとも、広範な読者大衆に知らせたり、愛されるようにしたりすることです。

　この作品がヨーロッパに驚きをもってもたらされて以来、その名称はありとあらゆる度外れな富、ありとあらゆる驚嘆すべき奇異なるものと同義語と化しました。富、優美、空想、熱情、そのすべてがこの素晴らしい本では集合しているかに見えますし、それは欲望に点火したり、夢を吹き込んだり、無限の空想をかき立てたりするためにわざと作られているかのようです。

　でもこの本については西欧ではほとんど知られていませんし、とりわけイタリア［日本］では名称以上にはほとんど知れ渡ってはいません。私たちの間のどこでも人気のあるアラジンやアリ・ババの話を除き、何百という咄についてはほとんど知られてはおりません。

　ちなみに、本書の物語じたいからもこういう部分的な人気の説明はつきます。これが十八世紀初頭にヨーロッパに開示されたのはフランス人アントワーヌ・ガラン（1646-1715）による翻訳によってです。この翻訳はかなり自由で、かなり凝縮され、かなり削除されたものであり、翻訳というよりも、一つの改作――とりわけ、十八世紀のフランス精神用に改作されたもの――と言ってかまいません。

　アントワーヌ・ガランの縮約版は欠陥や脱落があるにもかかわらず、当然ながら今日まですべてのイタリア語訳の源になってきました。ですから、イタリ

ア語訳は十八世紀のこのフランス語の翻案を介してのみ、『千夜一夜(アラビアン・ナイト)』を世に知らしめてきたことになります。

　最近になってやっと、マルドリュス（1868-1949）がこの大作の完全かつ本物のフランス語訳を初めてヨーロッパに提供することにより、ガランが抜かした大量の咄を知らしめたばかりか、既知の咄や、より複雑、より豊かな別の異版からも、ガラン訳では知らされなかった詩の大波で生き生きと活性化させることによって、私たちの知っていた『千夜一夜(アラビアン・ナイト)』はアラブの真の『千夜一夜(アラビアン・ナイト)』を知ることになった、と言ってもよいでしょう。

　今回の翻訳は大作のほんの断片であることしか望んでおりませんので、中道に執着せざるを得ませんでした。つまり、一部はガラン仏訳に、一部はマルドリュスの完訳に従いつつも、このマルドリュス訳から、西欧読者には不可解、無用、もしくは卑俗に思われるような箇所を放棄したり、あるいはガランの冷たい縮約をマルドリュス訳におけるたいそう美しくて貴重な芳香豊かな詩で生気づけたりもいたしました。

　でも、今回の版の最良の長所はエドモン・デュラク（1882-1953）の空想力が創り出した素晴らしいイラストの数々にあります。原作者の魂がイラストレーターの魂とこれほどぴたり合致したことは滅多にありません。

　幻想的なオリエントに、この芸術家は最良のインスピレーションを見いだしたのです。書かれた言葉と画家の印との間には、無類の呼応が行われていて、言葉の諸イメージは完璧な形態と説得力を帯びております。

　読者諸兄は何も考えないで身を委ね、咄の言葉にあやされるにまかされるならば、空想力が作用して、イラストレーターのイメージのうちに、その言葉の喚起力に呼応した、よりありありとした視覚形式を看取されることでしょう。

　このようにして、オリエントの昔の物語が現代イラストレーターの作品により、最良の、しかももっとも明白かつ雄弁な説明を見出したことになりますし、そのうえ、アラブおよびペルシャの咄の数々がヨーロッパで新しくて永遠の市民権を獲得することにもなっているのです。

漁師と魔神

　か つて一人の老漁師が妻と三人の息子ととても貧乏な暮らしをしておりました。でも、どんなに貧しくとも、彼は神の命令におとなしく服従していました。毎日同じ時間に漁にでかけ、そして毎日四回網を投げて、釣り上げることのできた僅かなもので満足していました。

　ある日のこと、網を投げるや否や滅多に感じたことのない重みを感じたのです。好首尾の漁をしたと思い、大喜びしたのですが、網を引き上げて見ると、釣ったのはロバの死体だったのです。

　この発見に苦々しそうに漁師が呼びました。「やい漁（すなど）りめ、おまえは夜と破滅の闇の中を盲目に転がっているんだ。さあ、つらい仕事を止めたまえ。運命はやたらに動くのを好まないのだぞ」。それから、その死体で引き裂かれた網の目を直して、もう一度網を投げ込んだのですが、今回も重く、ずっしりと感じました。それでこの幸運に上機嫌になっていると、砂と泥だらけの大籠を釣り上げたことに気づいたのです。

　「おお、目まぐるしい運命よ、やめておくれ、人間を哀れみたまえ。なんたる落胆よ！　地上ではどんな報いも取り柄がなく、やるには値しないんだ。わしはばか正直に幸運を求めて家を出、思い知ったのは、とっくに幸運がなくなっているということだけだ！　なんたることか！　運命よ、あなたはこんなふうに賢者たちを暗闇に追いやり、愚か者たちに世間を治めさせているのか。」

　こう言いながら、漁師は籠を投げ出しました。そして、泥だらけに汚れた網を洗ってから、三たびそれをゆっくり下ろしました。

　三度目も彼を待っていたのは幻滅でした。網にかかったのは、砂利、

貝殻、陶器のかけらだけでした。またもがっかり！　貧乏な漁師はあやうく絶望しそうでした。けれども、日が昇りかけていましたので、善良なイスラム教徒として、お祈りすることと、おまけに、詩人の一句を付け加えることをも忘れはしませんでした。

「おお詩人よ、幸運の風はあんたのほうからは絶対に吹くまいて。おばかさんよ、あんたは知らぬのかい？　あんたのペンも、あんたの書く快い詩句も、あんたを決して富ませたりはしないことをな。」

それから、漁師は四度目の網を投げ入れました。またしても網がたいそう重かったので、引き上げるのに一苦労せねばなりませんでした。今度もかかっていたのは魚ではなくて、かなり重たい銅の容器でした。しっかり閉じており、鉛の印で封印されていました。漁師は喜んで考え込むのでした——これを市場で売ろう。少なくとも金貨10ディナールの値打ちはするぞ、と。

四方八方からその容器を調べたり、振ったりして、中からどんな音が聞こえるか試してみました。でも、何の音もしません。この状況と鉛の大きな封印からして、これははるかに貴重な何かが含まれているに違いない、と漁師は考えました。

確かめようと、ナイフを取り出し、やっとのことでその容器をこじ開け、地面に傾けたのですが、驚いたことに、何も出てはきませんでした。そこで、それを自分の前に置き、注意深く調べていると、あきれたことに、少しずつ泡が吹き出し始めたのです。その泡は初めは僅かでしたが、だんだんと重たく、どんどんに増していき、上へ上へと雲にまで昇って行き、そして海や崖の上にも広がって、大きなもやを形づくったのです。そして蒸気が容器からすっかり出てしまうと、ひとりでに集まり、固まって、どんな巨人よりも二倍もある、巨大魔神の形になったのです。この途方もない怪物を目にして、漁師は逃げ出したかったのですが、足を

――そして巨大な魔神の形を取りました

動かすことはできませんでした。
　すると、その魔神が叫びだしたのです。
「神の予言者ソロモンさま、お許しください、今後は決して御意に逆らいはしませぬゆえ。」
　すると漁師は少しばかり安心して、答えるのでした。
「至高なる霊よ、何と言われました？　神の予言者ソロモンは千八百年以上も前に亡くなっております。私どもはもう幾世紀も経た後にいるのです。どうか御身のお話をお聞かせください。して、またどうしてこんな容器の中に閉じ込められたのです？」
　この言葉に、魔神は答えながら、漁師を横柄に見つめるのでした。
「よく注意しながら話すのじゃ。わたしを至高の霊と呼ぶとは、お主はちと厚かまし過ぎるぞ。」
「それでは —— と漁師が答えました —— あなたのことを幸せぎらいとでもお呼びすれば、もっと注意深く話すことになるのでしょうか？」
「わたしがお主を殺す前に、最大の注意を払って私に話しかけるよう命じておく。」
「でも、どうしてまたわたしを殺そうとお思いなのです？ —— と漁師が言い返しました —— たった今、あなたを解放してあげたのを、もうお忘れですかい？」
「いや、いや、よく憶えておる。でもそんなことでお主を死なせる妨げとはならぬぞよ。わたしにできるのは、お主に慈悲をかけてやることだけだ。」
「また、どのような？」と漁師が訊ねました。
「どうやってお主を殺害すべきか、それをお主に選ばせるという慈悲だけだ。」
「でも、わたしがあなたさまをいったいどんなことで傷つけたという

ほかの魔神たちはみな、偉大なソロモンと分かり、この王に敬服しました。

のです？——と漁師が問い返しました——それがわたしの為した善行へのお返しだとでも？」

「いや、わたしはお主をほかのやり方で処遇することはできんのじゃ——と魔神が答えるのでした——それを納得するのには、わたしの話に耳を傾けることじゃ。

お主も知ってのとおり、わたしは神の御意に逆らった反逆霊の一人である。ほかの魔神もみな神の預言者の偉大なるソロモンのことは承知していたし、この王に敬服してきたのだ。でも私は敬服したくはなかったため、ソロモン王はわたしを罰するために、この銅の容器に閉じ込めたんだ。そして、わたしのことを確かめるために、またわたしが牢獄から逃げられぬようにと、王は自ら鉛のふたの上に封印を押し、この容器を忠臣の一人に託して海中に投じさせたのじゃ。

わたしが投獄された初めの百年間に誓ったのは、この百年が満つる前にもし誰かが解放してくれるとしたら、その者を死後でも金持ちにしてやるのに、ということだ。ところが、百年が経過しても誰もわたしを解放してはくれなかった。次の二百年目の間に私が誓ったのは、わたしを解放してくれた者には地上のすべての宝をくれてやるのに、ということだったのだが、やっぱりわたしはもう幸運には恵まれなかった。次の三百年目には、わたしは解放してくれた者を強力な旦那にし、その者の傍らにいつも神妙に仕え、どんな頼みであれ、頼まれたことを毎日三つ叶えてあげる、と約束したんだ。でも三番目の世紀も以前の世紀同様に経過し、わたしは海底で銅の容器の中にじっと閉じ込められたままだった。とうとう気落ちしてしまい、いやむしろ、自分が永久に囚人のままだということに腹が立って、こんな誓いをしたんだ——誰かがわたしを解放したとしたら、わたしがどんな死に方でその者を殺害すべきかを彼に選ばせるという恵みだけを与えてやろう、とね。それだから、お主が

今日ここにやってきてわたしを解放してくれた以上、わたしにどういうやり方でお主が殺されたいかを、お主のほうで選びなさい。」

　漁師はこんな話を聞いて、すっかり悲しくなりました。それで魔神にへり下って祈願したり、哀願したりして、何とかしてこの残酷な決意を断念してくれるように頼んだのです。でも、どんな祈りも、涙も、嘆願も無駄でした。魔神はこう繰り返すばかりだったのです。

「どうやって殺して欲しいかを、早く言え。」

　必要は発明の母となることがあるものです。漁師は一つの戦術を思いつきました。

「では、わたしは死を避けられない以上　　と魔神に答えて言うのでした　　神の御意に服従します。わたしが死に方を選ぶ前に、予言者ソロモンの封印の中に刻まれていた神の偉大なる御名前にかけて、わたしがあなたに為すべき一つの頼みごとの真実をお話頂けませんでしょうか。」

　すると、魔神は答えました、

「それじゃ、お主の欲することを申し出なさい、急いでな。」

　そこで、漁師はこう尋ねました、

「わたしはあなたが本当にこの容器の中に入っていたのかどうか知りたいのです。神の偉大な御名前にかけて誓ってくれますか？」

「もちろん　　と魔神が答えました　　誓うとも。」

「片足だってとても入れないのに、どうして入れたりできるのですか？」と漁師が訊きました。

「いや誓って　　と魔神が答えました　　誓って言うが、お主も見てのとおり、わたしは全身あの中に入っていたんだ。こんなにわたしが誓った後でも、お主は信用しないというのかい？」

「断じて　　と漁師が反論しました　　、とても信用しないし、信用

できもしません。それをわたしの目の前で見せてくれないのならば。」

　すると、魔神は溶解して、再び泡になり、元通りに海と海岸に棚引き、そして少しずつ集まってきて、容器の中に入りだしました。

　もう空中には霧しか漂わなくなり、すべてが容器の中に納まったとき、声がしてきました。

　「さては、不信の漁師よ、ほら容器に納まったぞ。これでわたしのことを信用するかい？」

　すると、漁師は返事をする代わりに、鉛の蓋を取り出し、急いで容器を閉じてしまいました。

　「魔神さんよ —— と漁師は呼びました —— さあ、今度は恵みを乞うのはあなたですぞ。どうやって死なせて欲しいか、あなたが選びなされ。いや、それもお断りだ。むしろ、わたしはあなたを釣り上げた海の同じ場所に投げ捨てるほうがましだね。それからわたしはこの海岸に家を建てて、そこに住みつくことにしよう。ここに網を投げ入れにやってくる漁師たち全員に、注意してやるためにね —— 自由を取り戻してくれるものを殺すと誓ったあなたみたいな悪い魔神を釣り上げないようにしろ、とね。」

　魔神はむっとして、いきり立ち、何とかして容器から脱出しようと懸命にもがきましたが、無駄でした。なにしろ、ソロモンの封印のしるしが魔神を牢獄に閉じ込めていましたから。そのため、魔神は漁師の意のままになってしまったことを悟って、自らの怒りを隠しながら、狡猾にも誓うのでした。

　「漁師さん —— としおらしく呼びかけました —— あなたが言ったことを実行するのはよく注意なさるがよい。わたしが先に話したことはほんの冗談です。あなたは物事を真に受け取ってはいけません。」

　「おや、魔神さま —— と漁師が応じました —— あなたはほんの少し前

にはすべての魔神より大きかったのに、今度は一番小さくなっていますね。いいですか、あなたの巧みな弁舌も何の役にも立ちませんよ。わたしはあなたを海に返します。ずっと長い時間すでにそこにいたのだから、さらに審判の日までそこに居続けることもおできになるでしょうが。」

　でも、魔神はなだめたり、すかしたりしながら、言い張るのでした。

　「とにかく容器を開けておくれ──と頼んだのです──そうすれば、わたしに満足されるだろうことを約束しますよ。」

　「いえ、いえ──と漁師は言い返しました──わたしはあなたを海に投げ込まなくちゃなりません。」

　「もう一言だけを──と魔神が懇願しました──決して悪いことをしないと厳粛に誓います。それどころか、あなたがとてつもない金持ちになる方法をお教えしますよ。」

　極貧をきっぱり終わらせるという期待から、哀れな漁師は屈伏してしまいました。

　「神の偉大なる御名前にかけて、あなたはおっしゃったことを必ず実行すると誓約してください──と返事したのでした──、そうすれば、容器を開けましょう。」

　魔神が誓約したため、漁師は急いで容器の蓋を取り外しました。

　たちどころにそこから霧が立ち上がり、魔神も元の姿を取り戻してから、第一に容器をはげしく蹴とばし、海の遠くへ投げつけました。

　哀れ漁師はまたもびっくり仰天し、自分のお人好し振りを後悔したのです。

　でも魔神は漁師の極度の懸念を見て、笑いだしたのです。そして彼を安心させようと話しかけました。

　「いやいや、落ち着きなさい。網を引き上げて、ついてきなさい。」

　魔神はこう言うと、出発しました。それで漁師は網をかつぎながら、

不安を抱きつつも、後を追いました。町の前を通り過ぎ、山の頂に登り、そこから広い平原を降りると、そこは四つの丘の間にある沼に通じていました。

　沼の岸に到着すると、魔神は漁師に向かって命じました。

「網を投げ入れて、魚を捕りなさい。」

　漁師は沼の中を泳いでいる大量の魚を見て大喜びしましたが、魚が異なる四色をしているのを見てたいそう驚きました。白色のもの、赤色のもの、青色のもの、黄色のものがいたのです。

　網を投げ入れると、どれも違う色をした四匹が釣れました。

　こんなものをこれまで目にしたことがなく、それで飽かずに見とれるのでした。

「その魚たちを釣り上げなさい——と魔神が命じました——、そしてサルタンに献上しなさい。きっと金持ちになるだけのたくさんのお金を受け取るだろうよ。あんたは毎日この沼にやってきて釣りをしてよろしい。でも、日に一度だけ網を投じるようにするのだぞ。」

　こう言いながら、地面に足蹴を加えると、ひとりでに地面が口を開け、魔神を呑み込み、それから閉じてしまいました。

　漁師はこの漁に満足して、急いで町へと引き返しながら、この奇妙な出来事をあれこれ考えるのでした。それから、魚をサルタンに献上すべく、宮殿にわき目もふらずに向かいました。サルタンはたいそう驚き、一匹ずつ取り上げては入念に調べました。

　魚をそれぞれじっくりほれぼれと見とれてから、第一大臣に向かって命じました。

「さあ、この魚をもって、ギリシャ皇帝が遣してくれた腕きき の女料理人のところに行きなされ。魚に相応の見事な料理ができるだろうて。」

　それと同時に、漁師に対しては金貨四百枚を支給させました。

サルタンはたいそう驚きました。一匹ずつ取り上げて、入念に調べるのでした。

サルタンの料理女はただちに料理を始めました。魚をきれいに洗ってから、少量の油をフライパンに垂らして、フライにかかりました。片側が十分に焼けると、裏返しにしました。ところが、前代未聞の奇跡が起こり、魚を裏返しにしたとたん、厨房の壁が開いて、無類の絶世の美女が飛び出したのです！　花柄の服を着て、大きな真珠の首飾りとルビーで飾った金のブレスレットをつけ、手には竹の小枝を持っていました。フライパンに近づき、竹の枝の先で一匹の魚に触れながら、叫びました、
　「おお、魚どもよ、お前らは約束をきちんと守り続けてくれるかい？」
　するとたちどころに、四匹の魚が一斉に頭を持ち上げて、異口同音にこう答えるのでした。
　「はい、はい。あなたが引き返されるなら、それをまねますし、あなたが、約束を守ってくださるなら、わたしらも約束を守りましょう。でも、お逃げになっても、あなたが迷い込むまで追い続けますよ。」
　この言葉を聞くと、その美女がフライパンをひっくり返して、壁の中に入り込むと、壁はすぐさま閉じてしまいました。
　料理女はこの不思議な出来事にびっくり仰天しながらも、火中に落ちた魚を急いで拾い集めました。でも、それらの魚は石炭よりも黒くなっていました。これにひどく悲しくなり、さめざめと泣き出したのです。
　「何たることか！――と彼女は言うのでした――わたしはどうなることやら？　目にしたことをサルタンさまに申し上げても、きっと信じてはくださらないわ。」
　このように嘆き悲しんでいると、大臣が入ってきて、魚の用意はできたかい、と尋ねました。
　料理女が出来事の一部始終を告げると、大臣はこの話にすっかり驚きました。でも、それをサルタンに告げることはしないで、サルタンを満足させる言いわけをひねりだしたのです。それで、漁師に向かい、献上

美女はフライパンを引っくり返しました。

したのと同じような魚をもう四匹すぐに探し求めて、できるだけ早く持ってこい、と命じました。

漁師は魔神が勧めていたことを思い出しながらも、ぐずぐずしていて、やっと夜に出発し、ようやく沼に到着しました。そして、網を投げ入れて、大急ぎで四匹を釣り上げると、どの魚も違った色をしていました。

往路を引き返し、急いで大臣の元に参上しますと、大臣は自分で例の料理女のところにでかけました。女は厨房に閉じ込もっていました。彼女はぐずぐずしないで魚を調理して炒めにかかりました。ところが、片側が焼き上がり、料理女が魚を裏返しにするや否や、厨房の壁が開き、美女が枝を片手に現われて、一匹の魚に触れ、先ほどと同じ言葉をかけると、四匹の魚は頭をもたげながら、先に答えたのと同じ返事をしたのです。それで、彼女は枝を叩いてフライパンをひっくり返し、出てきたのと同じ壁穴へと引っ込んでしまいました。

大臣はこの奇妙きてれつな出来事を目撃して、独り言をいうのでした。

「こんなことはサルタンに秘密にしておくには、あまりに異常にすぎるわい。すぐこの驚異をご報告して進ぜよう。」

サルタンはこの奇妙な話を訊くと、そういう奇跡を見たいものじゃ、との強い願望を表明しました。そのために、すぐさま漁師を探しにやらせて、漁師に対し、もう四匹の色の違う魚を入手できるかどうかと尋ねたのです。

漁師は翌日にそうすることを約束し、そして三回目に沼に出向きました。そして前の二回に劣らず、うまくいきました。網をさっと引き上げるや、色の異なる四匹の魚を釣り上げて、急ぎ町に戻り、サルタンに献上しました。サルタンは大いに満足し、すぐさまもう四百の金貨を漁師にくれてやりました。

サルタンは魚を入手するや否や、炒めるのに必要な品物もろとも、仕

サルタンは漁師を探しにやらせました。

事部屋の中に運び込ませ、大臣と一緒にその中に閉じ込もりました。大臣は自分で料理して炒めに取りかかりました。そして魚の片側が焼き上がると、裏返しにしました。するとそのとき、部屋の壁が開いて、一人の黒人が飛び出してきました。この黒人は奴隷の身なりをしており、のっぽで、巨体をしていて、手には緑色の丸太を持っていました。フライパンまで進み出ると、その丸太で一匹の魚に触れながら、どら声をはり上げて命じるのでした。

「魚どもよ、おまえらは約束を守ってくれるかい？」

この言葉に、魚どもは頭をもたげながら、一斉に答えました。

「あなたが引き返されるなら、わたしどもも引き返します。あなたが約束を守られるなら、わたしどもも約束を守ります。でも、あなたが反抗されるなら、わたしどもはあなたがまごつくほど大声で叫びますよ。」

魚どもがこう言い終えるや否や、黒人は部屋の中でフライパンをひっくり返し、魚どもを石炭にしてしまうと、誇らしく引き返し、壁の中に入り込み、壁はさっさと閉じてしまいました。サルタンは大臣に向かって言うのでした。

「こんなありさまを見た以上、余の心は穏やかではおれんわい。この魚どもは疑いなく、何か異常なものを意味しておるのだ。」

そこで、漁師を探しに行かせ、眼前に呼び出してから、サルタンは漁師に向かい、どこで魚を釣ったのか、と尋ねました。

「殿――と漁師が答えました――わたくしはここから見える山の向こうにある、四つの丘の間に取り囲まれた沼の中で、これらの魚を釣り上げました。」

「そちはその沼を存じておるのか？」とサルタンが大臣に尋ねました。

「いいえ、殿――と大臣が答えました――そんな話は聞いたためしがありません。でも、六十歳のときに、あの山の付近やその先で狩りをし

に出掛けたことがあります。」

　サルタンがその沼はこの宮殿からどれぐらい離れているのか、と尋ねますと、漁師は三時間足らずの道のりだということを請け合いました。

　この言葉と、いまだ日中でもあったため、サルタンは宮中の全員に命じて、馬に乗らせ、漁師はみんなの手引きをしました。

　一行が山を登り、下り坂になると、びっくり仰天したことには、当時まで誰も言及したことのない広大な平原が開けてきて、とうとう例の沼にたどり着きました。漁師が言ったとおり、実際に四つの丘に囲まれていました。沼の水はすっかり透き通っていたため、魚どもが宮殿へ漁師の献上したものと同じだということをみんなは見て取りました。

　サルタンはこの不思議な情景に驚いて、宮殿に戻る前にまず、この沼がそこにあるわけや、そこの魚が四色だけである理由を知ろうと決意しました。そのため、沼の岸辺に野営テントを張るように命じたのです。

　さて、夜になると、サルタンは車の天蓋の下に退き、こっそりと大臣にこう話しかけたのです。

　「大臣よ、余の心は不安じゃ。こんな場所にできた沼、余の仕事部屋に出現したあの黒人、しゃべるのを聞いたあの魚ども、どれもこれもひどく余の好奇心をかり立てて、これを満たしたいという気持ちに抗することができぬ。このために、余は一つの計画を何としてもやり遂げようと思うんだ。それで、一人でこっそりキャンプを離れるから、余の不在を秘密にしておくよう、そちに命じておく。」

　大臣はサルタンにこの計画をやめさせようと試みて、その冒険が危ないことを説明しました。でも、サルタンの決意は固く、なんとしても決意をやめさせるには至りませんでした。そして、キャンプがすっかり静かになるや否や、サルタンはたった一人で離れて、一つの丘に向かって歩みだしたのです。

漁師と魔神

天辺にまで登ってから、反対側に降りました。そして、平原に着くと、日の出まで歩き続けました。そのとき、遠方に巨大な建物が見えたので、そこに行けば、知りたかったことをつかめるかも知れないな、と思って嬉しくなりました。近づいてみると、それはぴかぴかの美しい大理石でできた壮麗な宮殿だと分かりました。

　扉まで近づき、何度かベルを押しながら、何か人気(ひとけ)を待ちましたが、誰も応答せず、誰も姿を現わしませんでした。とうとう勇気を振りしぼり、言うまでもなく、玄関に踏み込んで叫びました。

「異国の者が休息したいのですが、ここじゃ受け入れてくれる人はいないのですか？」

　何度も同じ頼みをしたのですが、誰も応答してはくれませんでした。ますますびっくりさせられながらも、壮麗な中庭に踏み込みました。そして、やはりそこにも人気(ひとけ)がなかったため、大広間に入ると、絹や、メッカとインド製の布地の豪華なカーペットがあり、それには金銀の刺繍をふんだんに施してありました。それから素晴らしいサロンに入ってゆくと、その中央には四隅に金塊のライオンが立つ大噴水があり、いずれのライオンも口から水を吐き出ており、この水は落下しながら、ダイヤモンドや真珠を成していました。

　宮殿は三方を芝生、花壇、林、噴水のある豊かな庭で囲まれており、無数の小鳥たちが調べ豊かな囀りで大気を満たしていました。

　サルタンが部屋に沿って次々と進んで行くと、絶えず新たな驚きの連続でした。とうとう歩き疲れて、庭へ開け放たれた窓辺に座りました。ところが、座るや否や、突然泣き声が聞こえてきたのです。それはこう訴えかけるのでした。

「おお運命よ！　そなたはわたしに長らく幸運を味わせることができず、わたしをもっとも不幸な男にしてくれた。どうかわたしを迫害する

ぴかぴかの大理石でできた壮麗な宮殿

のを止めて、速やかな死でこの苦しみを終わらせておくれ。悲しいかな！　さんざんな苦しみを嘗めてからでもなお生き続けることなぞどうしてできようぞ？」

　サルタンはこの嘆きに心を動かされて、立ち上がり、声のしたほうへと歩きだしました。大広間の扉の前に立ち、カーテンを上げると、豪奢な服装の若者が玉座に座しているのが見えました。サルタンは近づいて行き、その者に挨拶しました。すると若者は挨拶を返しながら、頭を深く下げ、しかも立ち上がれないため、サルタンにこう言うのでした。

　「殿、お許しください。お迎えして、ありとあらゆる敬意をお返ししようにも立ち上がることができないのです。でも、こんな言いわけはひどくお気に障り、とても許してはくださらないでしょうね。」

　こう言ってから、またも若者は嘆き始めました。それでサルタンは悲惨な状態を目にして心を動かされ、これほどの辛い苦しみの原因を言ってくれるように頼みました。

　「ああ！──と若者は答えるのでした──どうしてこんな恥ずかしめを受けられましょうか？　わたしの目がどうして涸れぬ涙の泉であることに耐えられましょうか？」

　この言葉を言いながら、若者は服を持ち上げ、サルタンに対して、自分が脇腹に頭がついた男であり、体のもう半分は黒い大理石であることを見せたのです。

　そして、この訪問客の顔に好奇心が満ちあふれたのを見るや、こう付け加えるのでした。

　「わたくしの悲惨な状態の秘密をお知りになったからには、きっとわたくしの話もお知りになりたいでしょう。」

　そして、以下に続くようなことを語り出したのです。

暗黒諸島の女王

暗黒諸島の王

　　父はこの国の王さまでした。暗黒諸島の王国でして、以前は近くの山々が島でしたから、これら四つの小山のせいで王国はこう呼ばれております。父が住んでいた首都は現在この沼になっています。父が亡くなると、わたしが王座を引き継ぎ、いとこを妻に娶(めと)り、五年間は愛情と幸せに満ちた生活を送りました。

　ところが或る日のこと、妻が入浴中に、わたしはひどく眠気がさしてきて、ソファーの上に横たわったのです。そのとき部屋にいた妻の二人の侍女が近寄って、一人はわたしの足許に腰掛け、もう一人はわたしの頭のところに腰掛けて、それぞれが扇子を手にして風で涼をとったり、ハエを追っぱらったりしました。彼女たちはわたしが眠ったものと思い、互いにおしゃべりを始めたのです。

　「ねえ —— と一人が口火をきりました —— お妃さまがこんなに素敵な王子さまをお愛しなさらないのは大きな間違いではないかしら？」

　「そうよねえ —— と相手が答えました —— わたしには分からないわ。どうしてお妃さまは毎晩外出して、王子さまをひとりぼっちになさるのかしら。ひょっとして、王子さまはお気づきじゃないのかも？」

　「そりゃ当然よ！　お気づきになるとでも？　お妃さまは毎晩王子さまをぐっすり熟睡させるために草の汁を飲み物に入れておられるし、ご自分では夫婦のベッドに戻られてから、朝に夫の鼻の下に香料みたいなものを撒いて目を覚まさせたりしておられるんだもの。」

　こんな暴露や思いを、侍女たちが煽り立てたときのわたしの驚きをご想像ください。けれども、わたしはかなりしっかりと頑張って、聞いたことをひた隠しにし、何ごともなく目覚めた振りをしたのです。

侍女たちはわたしが眠ったものと思い、お互いにしゃべり始めました……。

妻の妃が風呂から戻りました。わたしたちは一緒に夕食を取りました。床につく前に、妻はいつものとおり、わたしがいつも飲む水の入った茶碗を持ってきてくれました。でもそれを唇を近づけるかわりに、窓に近寄り、妻に気づかれぬようにしながら、水を下へぶちまけたのです。

一緒に寝ましたが、少ししてから、妻はわたしが眠ったものと思い込み、起き上がって、わたしにこう囁いたのです。

「お眠りあそばせ！　もうお目覚めにはなれませんわ。」

そそくさと着替えをするや、妻は部屋を出ました。わたしも急いで着替えて、後を追うべく飛び出しました。数知れぬ部屋を通り抜ける際にも、妻が何やら一言発するだけで扉が開き、庭の林に到達すると、そこには一人の男が待っておりました。

わたしはこっそり近づいて、ふたりの会話に聞き入りました。

「お咎めには当たりませんわ——と妻は言うのでした——。わたくしがあなたに捧げて参りました愛の証が十分ではないのでしたら、もっと捧げますとも。お望みとあらば、日が昇る前にこの大きな町と素晴らしい宮殿をさびれた廃墟にしてもいいですし、ここの壁石をすべてコーカサス山の彼方や、居住世界の境界を越えた所に移すことだってできますわ。一言だけおっしゃってくださいな。」

こんな話をしながら、二人はわたしの前を通り過ぎました。それでわたしはサーベルをもう抜いて待ち構えていましたので、その男に飛びかかり、首を切りつけたのです。わたしは殺害したものと思って、妻に気づかれる前に、す早く逃げ出しました。

部屋に引き返すや、再び床につき、熟睡しました。翌朝、目覚めると、妻がわたしの傍らで静かに眠っていました。あるいは、眠っている振りをしていたのかも知れません。数時間後、わたしが座長を務めている会議から戻ってきますと、妻は全身に黒衣をまとい、髪は肩にほどけたま

毎夕、妃は王子を熟睡させるため飲み物に草の汁を入れています……

までわたしを出迎えて、言うのでした。

「殿、どうかお願いですから、わたくしのこの状態を変だとは思わないでくださいませ。じつは四つの悲しい報せが同時に届いたのです。わたしの母が亡くなり、父は戦死し、兄弟の一人はサソリに刺されて死に、もう一人は宮殿が倒れて生き埋めになったのです。」

妃は一年間、部屋に閉じ込もったまま、悲しみにうちひしがれ、泣き続けました。そして年の暮れに墓を建てる許可をわたしに乞い、こうして、《涙の宮殿》という壮大な宮殿を建立させたのです。その大きな丸屋根(キューポラ)はここからでも見えます。

それで宮殿が完工すると、彼女はいまだ死んではいないけれども重病で衰弱している恋人をそこに運ばせました。そして日に二回そこに出向いては、まじないで治そうとしたのです。でも一向に治せませんでした。彼は歩くことができなかったばかりか、立ち上がることもできず、言葉を発せなくなり、視線だけでなんとか生きている合図を送っていました。

ある日のこと、わたしは好奇心に駆られて、その涙の宮殿に出向きました。そして隠れながら、わたしは妃が恋人に言っていることを聴き取ることができたのです。

「もう三年この方——と彼女は嘆くのでした——あなたはわたくしに一言もおっしゃらず、わたくしが話しかけたり、嘆いたりしている愛の証にも、何ひとつお答えになりません。これは鈍感なのですか、無視なのですか？　おお、墓よ、そなたはあの人がわたくしに与えてくださったあり余る愛情を打ち砕いたのでしょうか？　そなたは、あれほどの愛情をわたくしに見せていた彼のあの目、わたくしにはすべての喜びになっていたあの目を閉じてしまったのでしょうか？　いえ、いえ、わたくしはそうは思いません。おっしゃってください——そなたは奇跡により、かつて存在したうちでこの上なく稀な宝の保管者になったのだ、と。」

妃は復讐の女神(エリニユエス)みたいに立ち上がり、わたしに叫んだり、脅したりしました。

わたしは聴き取ったことに憤慨しました。なにしろこのいとおしまれ、熱愛されている恋人は、あなたに想像することがおできになるような者ではなく、何と黒……黒人だったんです！
　憤慨がひどくて、わたしも墓に呼びかけて叫んでしまいました。
　「おい墓よ、そちはどうして自然をも怖がらせるこんな化け物を飲み込んでいるのかい、いやむしろ、どうして相思相愛の男女を一緒に食べ尽くさないのかい？」
　わたしがこう言い終えるや否や、黒人の傍らに腰掛けていた妃は復讐の女神(エリニュエス)のように立ち上がり、わたしに向かって叫んだり、脅したりしたのです。
　わたしはサーベルを抜いて、とどめを刺してやるべく、それを打ち降ろそうとしたとき、妃はせせら笑いを浮かべてわしを睨みつけ、謎の言葉を少しばかり発してから、こう叫んだのです。
　「わたくしのまじないの力にかけて、あんたが半身大理石、半身男になるように命じてやる。」
　するとたちまちにして、わたしはご覧のような姿になったのです。生きながら死に、死にながら生きているのです。
　彼女はこれに満足しないで、首都にも呪いをかけ、家並や、広場や、市場を破壊し、ご覧のような沼や砂漠に変えてしまいました。
　沼の中にいる四色の魚たちは町に住んでいた四つの種族なのです。すなわち、白色はモスレムたち、赤色はペルシャ人たち、青色はクリスチャンたち、黄色はユダヤ人たちなのです。四つの丘はこの王国の名称だった四つの島でした。
　しかも、いまだに収まらぬ怒りのせいで、彼女は毎日やってきては、わたしのむき出しの肩を百回も牛に突かせて苛立(いらだ)たせるのです。そして、この日々の責め苦が終わると、わたしをヤギの皮の大布で覆い、その上

妃は首都に対しても呪いの言葉を吐きました。

にこんな錦(ブロケード)の服を着せるのですが、それはわたしに敬意を表するためではなくて、わたしを愚弄するためなのです。」

　こう言ってから、この不幸な男はわっと泣き出しました。

　サルタンはこの悲惨な話に心をゆすぶられ、この不幸者の怨念を晴らしてやりたくなって、尋ねるのでした。

「その不実な女性は今どこにいるのか、言ってくれたまえ。」

「分かりません」と若者は答えました。「でも、毎日日の出には涙の宮殿へ恋人に会いに出かけ、戸口でその男と交信するのです。」

「不幸な王子さん ―― とサルタンが呼びました ―― これほど悲しい話は誰も想像できないでしょう。でも、これには切りがないし、復讐するにもできないでしょうから、わたしがきっとこれをなんとか終わらせるように一肌脱ぎましょう。」

　翌日最初の曙光がさすと、計画を練っておいたサルタンは涙の宮殿に出向きました。すると、宮殿は数知れぬ蠟燭で皓々と照らされ、ありとあらゆる香りを発しているのを発見しました。サルタンは黒人が眠っているベッドを見つけ、サーベルを抜くや、抵抗にも遭わずに気の毒にもこの男の生命をとうとう奪ってしまいました。それから、その死体を宮殿の中庭に引きずって行き、池の中に放り込みました。それから黒人のベッドの中にもぐり込み、毛布の下に身を隠して待ったのです。

　しばらくして魔女がくると恋人のベッドに近づき、叫んだのです。

「おお、わが太陽よ、わが命よ、いつになったら話しかけてくださるの？　いまもわたくしを愛していると言って、慰めの言葉をいつになったらかけてくださるの？」

　そのとき、サルタンは深い熟睡を抜け出たかの振りをしたり、黒人たちの声をなぞったりして答えるのでした。

「全能の神にしか力や能力はないのじゃよ。」

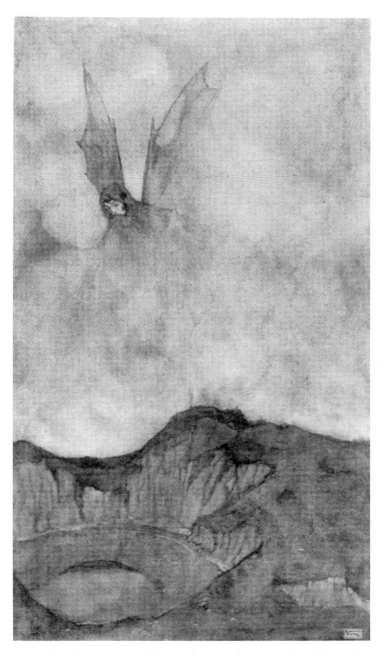

魔女は家並、広場、市場を破壊して、これらをこの沼に変えてしまいました……。

この言葉に魔女は喜びの叫び声を上げて、なおも訊くのでした。
「わたくしを欺すおつもり？　分かったわ、おっしゃりたいことは？」
「不幸な女よ——とサルタンは付け加えて言うのでした——答えてやるのにふさわしくしておれるかな？　そなたの夫の叫びやうめきや涙でわたしは眠りを妨げられたんだ。ずっとわたしは治るまいし、舌が再び用いられはしまい。そなたが魔法から解いてくれたとしてもな。だからわたしは沈黙しているんだ。そなたは勝手に嘆くがよい！」
「それはそうとして——と魔女が言いました——落ち着いてもらうためなら、わたくしは命じられるとおりにする覚悟です。彼の初めの姿をとりかえしてやりたいのですか？」
「そうだとも——とサルタンは答えました——急いで彼を自由にしてやり、あの煩わしい叫び声が聞こえぬようにしなさい。」
　すると、魔女はすぐさま涙の宮殿を出て行きました。水のコップを手にとって、二言三言発すると、まるで火にかけられていたかのように沸騰しだしました。それから、若い王の居室に入って行き、そのお湯を振りかけながら叫んだのです。
「万物の創造主が今のあなたの姿にしたのなら、あるいはその創造主があなたに立腹しているのなら、動いてはいけません。でもあなたがこうしているのはわたくしの魔法のせいだけだとしたら、あなたの元の姿をとり、元通りにおなりなさい。」
　魔女がこう言うや否や、王子は元の姿を取り返し、自由に立ち上がり、そして言い知れぬ喜びとともに、神に感謝するのでした。
　そして、魔女はぐずぐずしないで、すぐに涙の宮殿に引き返し、ようやく黒人の部屋にたどりつくと、言うのでした。
「命じられたことをやって参りました。もうあなたが起き上がることを妨げるものは何もありませんことよ……。」

サルタンの大勢の部下はひどく驚きました……。

でも、サルタンは黒人の声をまねし続けて、言うのでした。
　「そなたのやったことだけで十分ではない。悪を根絶しなくちゃいかん。そなたは町や住民や四つの島に何を行ったのだ？　毎日魚どもは沼から顔を出しては、わたしやそなたに復讐を叫んでいるのだぞ。そのせいでわたしはいまなお治らないでいるのだ。さあ、物事を初めの状態に戻すのじゃ。出掛けるのを手助けしてやるから、わたしが起き上がるのを助けておくれ。」
　魔女は希望にあふれながら、沼の岸辺へと馳せ参じました。そして、到着するや否や、手に少しばかりの水を掬って左右に振り掛けながら、何やら呟きました。
　するとたちまち町が出現し、魚どもは男、女、子供、イスラム教徒、キリスト教徒、ペルシャ人やユダヤ人に戻り、自由人も奴隷も全員が普通の姿に戻ったのです。
　サルタンの大勢の部下が大きな広場で野営していたのですが、突如見事な豊かな大都市の真ん中にいることにひどく驚きました。
　一方、魔女は大急ぎで涙の宮殿に戻って、入りながら言うのでした。
　「愛しい殿よ、命じられたことはすべて行いました。ですから起き上がり、手をお出しくださいな。」
　「近寄りなさい」、とサルタンは黒人たちの声をまねて言うのでした。そして魔女が近づくや、起き上がり、その腕を摑み、サーベルの一撃で魔女を二つに切断してしまったのです。
　これを為し終えるや、サルタンは今か今かと待ちかまえていた暗黒諸島の若い王子の許に駆けつけました。すると王子はサルタンに限りない感謝の言葉を述べてから、「この上なく繁栄され、ご長寿を保たれますように」と祈るのでした。
　「よろしい——とサルタンは王子に言いました——これからはあなた

の首都に静かに住めるだろう。ごく近くにある余の首都にこようとしたりしない限りはね。」

「近いですって？ ── と王子が訊き返しました ── あなたの町に近いと思っておられるのですか？　まる一年旅しなくちゃならないのに！あなたの首都からここに短い時間でいらっしゃったのは、わたしの首都に魔法がかけられていたからなのですよ。でも、魔法が解けると、物事は一変してしまうのです。そんなことにはかまわずに、わたしはたとえ世界の端に行くにせよ、お伴しましょう。あなたはわたしの解放者なのですから、謝意を表するためにご一緒したいのです。王国を棄てても惜しくはありません。」

サルタンは自分の国からそんなに離れていると聞いてずいぶん驚きましたが、どうしてそんなことがありうるのかは合点がいきませんでした。

「かまわぬ ── とサルタンは言い放ちました ── 余の国に戻る苦労も、満足にことを為し終えたり、そなたという息子を見つけたことで報われるわい。そなたは余についてきたがっているし、余に息子はいないのだから、今から以降、そなたを余の相続人・後継者に任ぜようぞ。」

数日後、旅支度が整うと、一緒に出発しました。五十名の騎士と貴重この上ない宝を積んだ百頭のラクダを引き連れて。

数か月の旅をしてから、とうとう首都に到着し、住民全員から感激やお祭り騒ぎや歓呼をもって迎え入れられました。

到着の翌日には、並みいる廷臣たちに、意に反して遠くで時間を費やしてしまった冒険の一部始終を語りました。そして、ずっと忠誠を守ってくれたことに報いるべく、各人に素晴らしい贈り物を分配したのです。

王子を解放する第一の原因となった漁師に関してはどうかと言いますと、サルタンは彼にたっぷりと財産を与え、彼とその家族を生涯にわたり幸せにしたのでした。

暗黒諸島の王

アリ・ババと四十人の盗賊

昔　むかしペルシャのとある町にカシムとアリ・ババという兄弟二人が住んでおりました。父親は死に際に、残した僅かな財産を等分させました。兄弟の一方カシムのほうは或る女性を娶り、結婚してしばらくすると、立派な構えの店と、品物にあふれた倉庫と、あちこちの畑を相続したおかげで、いきなり町一番の金持ちの一人になりました。

ところが、弟アリ・ババのほうは本人と同じような貧乏女と結婚したため、近くの森に木を切りに出掛けて、それを町で売るために、全財産だった三頭のロバに載せて運ぶ以外には方策がありませんでした。

そのアリ・ババが或る日のこと、森で仕事をしていると、遠くの空でもうもうとした大埃が舞い上がり、しかもその埃の間から多数の騎手が速歩(トロット)で前進してくるのに気づいたのです。

盗賊ではあるまいかと疑い、自分のロバたちのことは放ったらかしで、せめてわが身を助けようと考え、急いで一本の大木によじ登り、見つからずに見張れるように、密集した枝の間に身を隠しました。

大男で頑丈な騎手たちはしっかり武装して馬にまたがっていました。ところが彼らはちょうどアリ・ババが避難していた樹木の傍らの或る岩の下に止まり、馬から降りたのです。

総勢四十名でした。その面構え(つらがま)や装備からして、彼らが盗賊であることは疑いようがありませんでした。

この盗賊団は付近では悪事をせずに、かなり遠方で略奪を行い、ここをアジトにしていたのでした。

騎手たちは馬の手綱を放して、木に繋ぎ止め、雑嚢を背負いました。

開け、ゴマ！

アリ・ババの判断では、それらはずっしりと重く、どうやら金銀が詰まっているに違いありませんでした。

盗賊の頭(かしら)分が木の傍らの岩に近づき、かなりはっきりした声を張り上げて言ったのです。

「開け、ゴマ！」

すると、たちどころに岩が開きました。盗賊の頭(かしら)は一人ずつ部下全員を入らせると、最後に自分も入り、岩は閉まりました。

盗賊たちは長らく洞窟の中に留まりました。アリ・ババはその間ずっと木を降りもしなければ身動きもしないで、ふいに見つかりはしまいかとびくびくしていました。

やっと岩が再び開くと、四十名の盗賊が出てきました。先頭に出てきた頭(かしら)は、自分の前に一団を整列させ、そして岩を再び閉じさせるために、叫ぶのでした。

「閉じろ、ゴマ！」

盗賊たちは馬のところに戻り、雑嚢を馬に積み、それから再び馬に乗ると、やってきた元の場所へと立ち去りました。

アリ・ババはなおも用心しながら、樹木の上でじっくりと待ちました。それから、盗賊たちがもう遠くに立ち去ったことを確かめてから、降りてきて、岩に近づき、叫んだのです。

「開け、ゴマ！」するとたちまち岩がぱっくりと開きました。

アリ・ババは中が暗闇の場所かとばかり思っていたのですが、驚いたことに、あたりはだだっ広くて、すっかり照らされており、穹窿形に作られていて、岩の天辺から明かりが射し込んでいました。周囲には大量の食料、商品の包み、錦や絹の織物、とりわけ大量の金銀がありました。

アリ・ババはどうすべきかについてためらうことはしませんでした。洞窟に入るや否や岩はすぐに閉まったのですが、うろたえたりはしませ

アリ・ババは材木や枯れ枝で覆って……帰路につきました。

んでした。再び開かせるための秘密を知っていたからです。
　こまごました品物は無視して、黄金に、とりわけ袋の中に詰まっていた黄金に向かいました。ロバたちが運べる限りのものを入手して、背に載せ、材木や枯れ枝で覆い、岩に向かって、「閉じろ、ゴマ！」と叫んでから、帰路についたのです。
　帰宅し、扉が頑丈な掛けがねで閉まっているのを見て、アリ・ババは内心考え込みました。
「ここでも呪文の力を試してみたら？」
　それで、試しに「開け、ゴマ！」と言ったのです。
　すると、たちまち扉が開き、アリ・ババは難なくロバどもと一緒に中庭に入りました。
　アリ・ババの妻は夫とロバどもが中庭にいるのを見てびっくりして走り寄り、叫びました。
「わたくしが頑丈な掛けがねで閉めておいた扉をどうやって開けたの？　それにまた、その重そうな袋の中にはいったい何が入っているの？」
　すると、アリ・ババが答えました。
「扉とか掛けがねのことをうるさく尋ねるかわりに、早く家に運び入れるのを手伝っておくれ。」
　妻は袋をロバから降ろすのを手伝い、すぐさま袋が黄金で一杯なことに気づきました。びっくりして夫を見つめますと、アリ・ババは妻に前もって知らせるのでした。
「ちょっと待って──とアリ・ババは言うのでした──びっくりするでない。わしは盗賊たちからせしめたにせよ、盗賊じゃないのだから。わしの幸運の話を聞かせてやろう。」
　そして、目が回るほどの黄金の山が詰まった袋を空にし、作業を終え

るや否や、冒険の一部始終を語りつつ、誰にもこんなことをしゃべるでないぞ、と冷静に説き伏せるのでした。

　妻は脳裡をよぎった疑念が晴れて、夫に降りかかった幸運に大喜びし、目の前の金塊を一個ずつ全部数えたがりました。

　「なあおまえ —— とアリ・ババは言うのでした —— おまえは世慣れしていないな。何をしようというのかい？　いつ数え終えるというのかい？　わしは穴を掘るから、一緒に金塊をその中に埋めようよ。さあ、もうぐずぐずしてはおれぬぞ。」

　「でもねえ —— と妻は言い返しました —— せめてどれくらいあるのか知っておくのがよくはなくて？　この近くで小さな秤を探してきて、あんたが穴を掘っている間にはかってみるわ。」

　アリ・ババの妻は出て行き、近くに住んでいた義兄カシムの家に向かいました。カシムは不在でしたが、彼の妻は頼みを訊いて、答えました。

　「いいわ、ちょっと待ってね。すぐ持ってくるから。」

　彼女は秤を手にしましたが、アリ・ババの貧乏なことを知っていましたから、どの穀物を測りたいのかを知りたくなり、少しばかりの脂身を秤の底に塗っておこうと思いました。そうしてそれがすむと、アリ・ババの女房の許に引き返し、待たせたことを詫びました。

　アリ・ババの女房は帰宅し、すぐさま金塊をはかりだしました。その山を秤にかけるため袋に詰め込んでから、少し離れた所でそれを空にしました。こうしたことを続けながら、すべての金塊を測り終えて、これほど大量のものを数えることができたことに大喜びしたのです。

　アリ・ババが掘り返した穴の中に金塊を埋めている間に、女房のほうは金貨が一枚底にくっついていることにも気づかないで、几帳面で真面目なことを示したくて、急いで義姉に秤を返しに行きました。

　アリ・ババの女房が背を向けて引き返すや否や、カシムの妻は秤の底

アリ・ババと四十人の盗賊　49

を見つめて、金貨がくっついているのを発見したときの驚きたるや、いかばかりだったことでしょう！

「あれまあ！──と彼女は叫びました──アリ・ババには秤にかける金貨があるのか知ら？　あの素寒貧がどこで手に入れたのだろう？」

そして、この大ニュースを知らせるため、夫の戻ってくるのを今か今かと待ったのです。

やっとカシムが帰宅しました。

「ねえあんた──とカシムに話しかけるのでした──あんたは自分が金持ちだと思っているけど、思い違いしているわよ。アリ・ババのほうがあんたなんかよりとてつもなく金持ちよ。あの人は金貨を数えるのにあんたみたいなやりかたじゃなく、穀物でもはかるみたいにして数えているわ！」

カシムがこの謎を説明するよう求めると、女房はどういう手段で見破れたかを語りました。

するとカシムは弟に振りかかった幸運を喜ぶかわりに、ひどい嫉妬にかられて、一晩中まんじりともできませんでした。

翌朝、まだ日の出前に、弟の家に出向きました。

「アリ・ババよ──と兄は話しかけるのでした──おまえはずいぶん物事を秘密にしているね。素寒貧で、乞食の振りをしていながら、金貨を秤で数えているとはな。」

「兄さん──とアリ・ババが答えました──何のことなのか分からないね。説明してよ。」

「知らんぷりするんじゃないぞ──とカシムは言い返しながら、金貨を見せました──こんなものをどれだけ持っているのかい？　女房がじつは昨日貸した秤の底に見つけたんだぞ。」

アリ・ババはカシムとその妻が、自分では隠しておきたかったことを

とうとうカシムが帰宅しました。

もう知ってしまったことが分かりました。でも、すんだことはすんだことなので、兄に対して、自らの出来事と発見を語り、秘密を守ることを条件に、兄に宝を知らせてやると申し出たのです。

「承知した——とカシムが返事しました——でも、どこにこの宝があるのか、わしもそれが欲しければどうしたらそこに行けるのかを知りたいぞ。でないと、おまえを盗賊の一味として裁判所に告発してやるぞ。」

アリ・ババは脅迫を恐れてというよりも、お人好しのせいで、兄が望んだすべての情報を教えた上で、洞窟に出入りするのに必要な呪文をも告げたのです。

カシムは聞き知ったことに満足して、弟を出し抜く決心をして立ち去りました。そして宝物をそっくりせしめてやるぞと自信満々で、翌朝の日の出前に、大きな籠を積んだ十頭のラクダとともに出発したのです。

そして、洞窟の前に到着すると、呪文を唱えました。

「開け、ゴマ！」と。

すると岩が開いたので中に入ると、岩はすぐに閉じてしまいました。

洞窟を調べてみると、アリ・ババの話から想像していた以上の財宝を見つけて驚きました。そして、財宝を一つずつ調べるにつれて、その驚きは増す一方でした。元来がけちで、物欲の固まりでしたから、一日中、ありあまる金塊に見とれてしまい、これらを十頭のラバに積み込みにかかることを考えませんでした。ですから、数袋を集めてから、扉に近寄り、開かせようと思いました。でも、頭は千々の思いに満ちていて、一番大事なことを忘れたことに気づいたのです。そして、「ゴマ！」という代わりに、

「開け、大麦！」と叫んだのですが、岩は開かず、それで彼は空しくこう繰り返したのです。

「開け、大麦！　開け、大麦！」と。

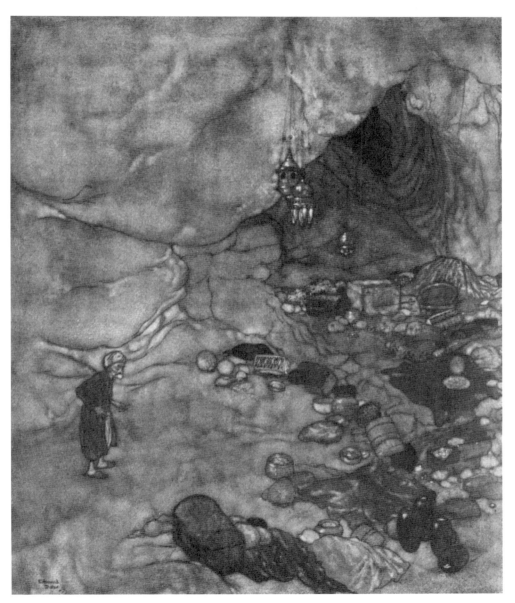

カシムは想像していた以上の財産を見て驚きました。

でも、岩は閉じたままでした。
　そこで、彼は叫びました。
「開け、ソラマメ！」と。
　でも、岩は閉じたままでした。カシムは業を煮やして、一息に何でも手当たりしだいに叫んだのです。
「開け、ライ麦！　開け、粟！　開け、小麦！　開け、トウモロコシ！　開け、サラセン麦！　開け、米！　開け、カラス・エンドウ！」
　でも、やはり岩は閉じたままでした。哀れ男は記憶の中をほじくり返し、ほかの穀物の名を探したのですが、徒労でした。それで、絶望し、われとわが身に腹を立て、袋を地面に投げつけて、洞窟の中を大股で上がり下がりしました。そして、もう周囲を取り巻くあらゆる財宝のことには関心がなくなりました。
　そうこうするうち、正午頃に盗賊が洞窟に戻ってきました。岩の傍らで籠を積んだカシムのラバたちを遠方から目にして、全速力で入口の前まで駆けつけました。サーベルを手にした盗賊団の頭（かしら）が呪文を唱えると、岩が開きました。
　カシムのほうは馬のギャロップの音を聞きつけて、盗賊たちが到着したことや、待ち構えている運命について疑いませんでした。彼らの手からすり抜けて、身をかわすためにせめてやれることをしようと覚悟を決め、岩が開くや猛然と飛び出して、盗賊の頭（かしら）を地面に投げ倒しました。けれども、サーベルを抜いていたほかの盗賊たちからは逃げおおせず、たちどころに殺されてしまいました。
　この死刑執行の後で、盗賊たちの第一の心配は洞窟に入ることでした。扉の傍らには、カシムが運び出しかけていた袋がありましたし、この出来事をみんなで推測してみました。誰かが自分たちの秘密を盗み取ったと分かったのものですから、誰にせよ役立ちうるような見せしめをして

やろうと決めたのです。それから、カシムの死体を四つ裂きにして、二つを洞窟内の扉の右、二つを左に結びつけ、大胆にもこんな企てを繰り返したなら、誰であれその者をびっくり仰天させてやることで同意したのです。

　ことをやり終えてから、盗賊は扉を再び閉じて、馬に乗り、野原を蹴って戻って行きました。

　一方、カシムの女房は夜になっても夫が戻ってこないのでたいそう不安になり、心配のあまり、アリ・ババの許に出かけて言うのでした。

　「もしかして、あんたは知らないかしら。うちのカシムが何かわけがあって、森に出かけたと思うんだけど、まだ戻らないのよ、夜になりかけているのに。何か不幸が振りかかったんじゃなかろうかね。」

　アリ・ババの答えは、カシムはきっと夜になる前に町へ戻らないほうがよいと思ったのだろうから、義姉には少し安心させて帰らせました。でも夜が明けても、カシムはまだ戻りませんでしたから、彼女は再びアリ・ババの家にやってきて涙を流したのです。

　アリ・ババは義姉から頼まれる前にすでに、兄を探しに出かける決心をして、すぐさま三頭のロバを引き連れて、森に向かいました。岩に近づいても、兄やそのラバの痕跡すら見かけられなかった上に、扉の近くに血のしみを見つけて驚きました。それで、何か悪い前兆がしたのです。

　呪文を唱えると、岩が開いて、四つ裂きにされた兄の遺体のひどいありさまにショックを受けました。躊躇なく、この惨めな残骸を寄せ集め、一頭のロバの上に積み上げ、残りのロバには金塊の袋を積んでから、岩を再び閉じました。そして帰路についたのです。帰宅すると、金貨を積んだ二頭のロバを入れてから、荷物を降ろすのを女房に任せ、もう一頭を引き連れて義姉の家に出向きました。

　扉をノックすると、アリ・ババが熟知していた賢くてずるい女奴隷マ

ルジャーナ〔"サンゴ"を意味する〕がやってきて扉を開けました。中庭に入ると、ロバから荷物を降ろし、マルジャーナを脇に連れて行って、こう言うのでした。

「マルジャーナ、お願いだ、どうしても破れない秘密が一つあるんだ。おまえさんの女主人にもわたしにもね。これはおまえさんの旦那の死体なんだが、普通の死に方をしたように埋葬しなくちゃならん。どうかおまえさんの女主人と話をさせておくれ。わしが言うことをよく訊いてくれないか。」

そこで、マルジャーナは女主人に知らせました。アリ・ババも後に続いて入り、義姉に最大の秘密をしっかり守るように頼んでから、カシムの死体と一緒に戻ってくるまでの一部始終を語り始めたのです。

「義姉(おねえ)さん、あなたの想像も及ばぬほど辛いことなんです。この不幸には救いようがありませんが、それでも何か慰められることでもあれば、神さまが恵んでくださった僅かな幸せをあなたの幸せと合わせるために、あなたと結婚することを買って出ましょう。女房が焼餅を焼いたりはせず、あなたも一緒にうまく暮らしていけるだろうことは保証します。もしこの申し出が気にくわぬわけがないのなら、わたしの兄が自然な死に方をした振りをしようと思わねばなりません。こういうことはマルジャーナにはうまく打ち明けることができるでしょう。わたしとしては、できる限りのことはしてみます。」

カシムの女房にとっては、これよりうまい役柄は演じられなかったでしょう。さめざめと流し始めていた涙を拭き取り、夫を亡くした女性が誰でも上げる鋭い悲鳴を抑えながら、アリ・ババに対して、その申し出を受け入れることを約束したのでした。

マルジャーナはぐずぐずすることなく、アリ・ババがでかけるや否や、重病にも良く効く薬を買うために薬屋へと走って行きました。薬屋が薬

を渡しながら、旦那の家の誰が病気なのかね、と尋ねると、マルジャーナはため息をついて答えるのでした。

「旦那さまのカシムなのですよ。」

そして翌日もマルジャーナが薬屋にやってきて、目に涙を浮かべながら、絶望的な事態の病人に処方される溶液を求めたのです。

「どうしよう！――とマルジャーナは重ねて言うのでした――この薬でもやっぱり効かなかったりしたら。善良な旦那を亡くしてしまうわ！」

そうこうするうち、隣人たちはアリ・ババとその女房が一日中、悲しげにカシムの家へと往復するのを見ていましたから、夕方になってカシムの妻やマルジャーナが悲痛な叫び声で、カシムが亡くなったと告げるのを聞いても、別段不思議がりはしませんでした。

翌日の夜明けに、マルジャーナは靴直し老人がいつも最初に店を開けるのを知っていましたので、彼を探しに出かけました。

マルジャーナは店に入るなり、おはよう（サラーム）、と挨拶しながら、金貨一枚を手に握らせたのです。

御老体ムスタファ――この靴直しはこう呼ばれていました――は心根が陽気なものですから、まだ薄暗かったためそのお金をじっくり眺め、金貨だと分かるや、叫ぶのでした。

「おお、良きお年玉よ！　これはいったい、どうしたことなのだ？　わしはすぐにも何かお返しをしなくっちゃなあ。」

「御老体ムスタファ様――とマルジャーナが言いました、皮を縫うのに必要なものを全部手にして、すぐわたくしと一緒にきてください。でも、一つだけ条件があるのよ。ある場所に着いたら、あんたの両目を隠させてもらいますからね。」

この言葉に、靴直しは難色を示して叫びました。

「あれ、まあ！　それじゃあんたはわしの良心に反することとか、わ

しの名誉に反することでもやらせようというのかい？」

すると、マルジャーナはもう一枚の金貨をその手に握らせながら、説得するのでした。

「あんたが良心に恥じいるようなことを、どうか神がわたくしにさせることのないように。落ち着いてください、何も怖がることはないのだから。」

こうして、御老体ムスタファは連れだされ、マルジャーナは道中で老人の両目を目隠ししてから、亡き主人の家へ彼を連れて行きました。

そして、カシムの残骸が横たえられている部屋に入ると、マルジャーナは御老体ムスタファの眼帯を外して言うのでした。

「御老体ムスタファ様、あんたをここにお連れしたのは、これらの切れ端を縫い合わせていただくためなのよ。ぐずぐずしないでね。仕事を終えたら、もう一枚金貨をはずむわよ。」

御老体ムスタファが仕事を終えますと、マルジャーナは再び彼を目隠しした上で、三枚目の金貨をくれてやり、極秘にしておくように頼んでから、くるときに目隠しした場所へと再び案内し、そこで目隠しを外して、解放してやりました。

縫い合わせの間、マルジャーナはカシムの遺体を洗うためにお湯を沸かしました。そしてアリ・ババが到着したときには、ムスタファはもう仕事をやり終えていました。それでアリ・ババはその遺体を洗い、香料を振りかけ、自分自身でその遺体を、指物師が少し前に持参してきた棺に納めました。

このようにして、誰からも少しも疑われることなしに、葬儀は行われ、カシムの遺骸は墓地に運ばれたのです。

三、四日してから、アリ・ババは兄の寡(やもめ)の家に、盗賊の宝物からせしめてきた金塊や、自分の僅かな家具を運び入れ、そしてこの新居に住み

御老体ムスタファは難色を示しました。

ついて、義姉と新たに結婚したことを知らしめたのです。こういうことは誰も驚きませんでした。それというのも、このような結婚はイスラム教徒の間では、あたりまえなことだったからです。

　カシムの店は、アリ・ババは自分の長男に与えました。この息子は少し前から或る大商人の許で見習いをしていたのです。

　さて、アリ・ババには幸運の始まりを味わせておいて、今度は四十人の盗賊の話に戻るとしましょう。

　いつもの時間に盗賊一行は森に戻ってきたのですが、カシムの遺骸が消え失せており、おまけに金貨の入った袋まで減っているのを見て、その驚きは大変なものでした。

「わしらのことがばれたとしたら、おしまいだ——と頭（かしら）は言いました——対策を見つけないと。せっかく苦労して先祖やわしらが集めた財宝を少しずつ、そして全部失ってしまうぜ。今わかっていることは、洞窟の中でわしらが取り押さえた泥棒だけが、わしらの秘密を知っているわけじゃないということだ。少なくとももうひとりがそれを知っているのだから、わしらはひとりを殺したように、もうひとりも殺さなくちゃならんぞ。」

　盗賊の頭（かしら）の提案は満場一致で承認されましたし、この仕事にしっかり打ち込むために、ほかの仕事すべてを放棄せねばならぬということでもみんなは合意したのでした。

「おまえらの勇気や腕前にはあまり期待してこなかった、——と頭（かしら）は付け加えるのでした——じゃが何はともあれ、おまえらのうちで、勇敢でやる気満々の者がひとり、武器を持たずに異国からの旅人の身なりをして町へ出かけ、能力のすべてを発揮して、わしらが殺害した男の変死のことが話題になっていないか、それが誰でどこに住んでいたのかを探らなくっちゃならん。しかし、取り違えたり、わしらの破滅になりかね

——御老体ムスタファが連れてこられました。

ない嘘の話を聞かされたりすることのないように、失敗した場合にはその者を死刑に処するのがふさわしくはないか、おまえらに諮りたい。」

　ほかの仲間が答えるのを待たずに、盗賊のひとりがすぐにこう応じました。

　「承知いたしました。本使命に命をかけるのは名誉なことです。」

　この盗賊は頭(かしら)や仲間から大いなる賛辞を受けてから、誰も彼だと見分けがつかぬように変装してしまいました。盗賊団から離れて、深夜に出発し、やっと夜が明けかけたときに町に到着しました。広場で一軒だけ開いている店を見つけ、そこに入って行きましたが、そこは御老体ムスタファの店だったのです。

　ムスタファは仕事台の上に腰掛けて、作業をしていました。盗賊は彼に近寄り、おはよう、と挨拶しました。そして、彼が高齢なことに気づいて、話かけるのでした。

　「偉いものだ、まだ夜のうちから働き出すとは。その歳でよく目が見えるものだ。もっと明るくても、あんたがものが縫えるだけの良い目をしているようには思えんのにね。」

　「どこのどなたか知らぬが——とムスタファは答えました——どうもわしのことを知らぬお方に違いないな。わしは確かに老いているが、目はまだ達者なのさ。針穴を一発で通せるし、こんなに暗い部屋の中で死体を縫い合わすことだってできるんだ。」

　「死体だって！——と盗賊は驚いて叫びました——でまた、なぜ死体を縫い合わせたのかね？　死体を包んだシーツを縫い合わせたという意味かね。」

　「いや、いや——と御老体ムスタファは言い返しました——わしは自分で言いたいことぐらい分かっておる。あんたはわしに話させたいらしいが、今朝はちと舌が短くてな。」

誰も彼だと見分けがつかぬように変装してしまいました。

盗賊は金貨を一枚取り出して、ムスタファの手に握らせながら、続けるのでした。
　「あんたの秘密に深入りしたくはないんだが、せめてその死体を縫い合わせた家だけでも教えてくれまいかね。」
　「あんたの意を叶えてあげたいのだが —— とムスタファは応じながら、手にした金貨を返しつつ —— とてもそんなことはできはしないね。わしの言葉を信じておくれ。ことの次第を言うとだね、わしはある場所に連れ出されると、そこで両目を覆われた。そして、そこからはわしの片手を摑んで、一軒の家にまでやってきてから、わしの仕事をやり終えた。それから再び同じようにして連れ戻されたのさ。」
　「せめておおよそでも思い起こしておくれよ —— と盗賊が続けました —— 目隠しされたのはどれぐらいの道を行った所かを。一緒にきておくれ、おれがあんたの目隠しされた場所であんたの目を覆うことにする。それから、一緒に同じ道を戻るんだ。こうして同じことを繰り返せば、あんたはきっとやったことを思い出せるだろうし、どんな苦労にも報われて当然なのだから、ほら、もう一枚金貨を奮発するよ。」
　二枚の金貨がもの言って、御老体ムスタファの心を動かし、頼みごとをやる気にさせました。
　それでムスタファは立ち上がり、店を出て、盗賊をお伴に、マルジャーナが目隠しした例の場所にまでやってきました。
　「ここじゃよ —— とムスタファは言いました —— わしが目隠しされたのは。ここからわしは曲がったんじゃよ。」
　盗賊は老人の目隠しをしてから、その傍らで歩きだし、老人を導いたり、逆に導かれるがままにして、それから立ち止まりました。
　「これ以上は進まなかったようじゃ」、とムスタファが口を開きました。そこはまさしくカシムの家 —— 今ではアリ・ババが住んでいましたが

――の前だったのです。
　ムスタファの目から目隠しを取り去る前に、盗賊は手に用意していたチョーク片で扉に目印をつけ、それから、老人に感謝し、店に帰らせて、自分は急いで、やり遂げた仕事に満足しながら森へ引き返しました。
　盗賊と御老体ムスタファが別れてから、マルジャーナが何かの所用で外出していたので、帰宅すると、盗賊が扉につけた目印に気づきました。そこで、立ち止まって、調べたのです。
「この印はどういう意味なのか知ら？　――と彼女は自問しました――もしや誰かがうちの旦那に悪さを働こうとしているのでは？　とにかく、用心するのがよかろうて。」
　マルジャーナは走ってチョーク片を持ってきて、隣の扉もかなり似ていたため、すべての扉に同じマークをつけました。
　そうこうするうち、盗賊は森に到達し、盗賊団に追いついて、旅がうまくいったことを話しました。
　話の委細が終わると、盗賊団の頭はよくやった、と褒めてから言うのでした。
「おまえたち、ぐずぐずしてはおれん。しっかり武装して出発だ。でも目立たぬようにするのだぞ。町へはひとりずつ入ることにして、大広場に集合しよう。疑われぬよう、あちこちから分かれてやってこい。わしは仲間と一緒に行き、例の家を改めてから、やるべきことを考えるとしようぜ。」
　頭の言は賛同され、みんなは急いで出発しました。二人ずつ、三人ずつ、町に近づき、見られぬようにして入り込みました。最後に入り込んだのは、頭と、早朝そこにすでにやってきた男でした。男はアリ・ババの家に目印をつけておいた道へ頭を手引きしました。そして、マルジャーナが印をつけた扉の前にくると、男はここがそれです、と言って頭に

示したのですが、目立たぬように立ち止まらず道を進むと、次の扉も同じ目印がついており、三軒目、四軒目、五軒目の扉もやはり同じ目印が付いているのに頭は気づいたのです。

　それで頭は、どの扉に目印をつけたのかと相棒に尋ねたのですが、その盗賊はうまく謎を説明できませんでしたから、頭には一つの扉にだけ目印をつけたことを請け合ったのです。

　頭は計画が頓挫したことを見て取り、広場に引き返しました。そして、手下たちにはこの旅が無用だったので戻らなくちゃならぬ、と告げたのです。

　盗賊団の一行が森に再集結したとき、頭は一行に対して、引き返した理由を説明しました。そして、失敗は死に値すると満場一致で宣告されると、自分から進んで犠牲になることを受け入れ、その処刑を任された者に毅然として首を差し出したのです。

　でも、ことは盗賊団を救うことでしたから、別の盗賊がこの企てを再開することを申し出たのです。そして、ただちに了承されるや出発しました。町にたどり着くと、最初の盗賊がやったのと同じように、御老体ムスタファを買収しました。それでムスタファはアリ・ババの家をその男に知らせたのです。男は赤チョークで、消えかけている箇所に目印をつけてから、森に引き返しました。

　そうこうするうち、マルジャーナが所用から帰宅しますと、何でも見過ごしはしなかったその目に赤い目印が現われたものですから、前日と同じような理由から、隣家の扉にも同じような目印をつけたのです。

　当の盗賊は一団の許に戻ると、自分が立てた対策をさっそく主張したのです。それはきっと間違いなくアリ・ババの家を突きとめるはずのものでした。

　頭と仲間たちは今度こそうまくゆくはずだと確信を抱いて、前と同じ

命令、同じ注意を帯びながら町に戻ってきました。さて、頭(かしら)と盗賊が到着するや、アリ・ババの方向の道をたどったのですが、またも同じ困難にでくわしたのです。それで、頭(かしら)は憤慨し、今回の盗賊も前の者と同じく困りはててしまいました。

　こうして、頭(かしら)は今回も部下と一緒に引き返さざるを得なくなりました。今回の盗賊も再び騙した科(とが)で、やはり待っていた死刑を甘受したのです。

　そのとき頭(かしら)は一団が勇敢な仲間二人を減らしたと分かって、アリ・ババの家を見分けるために別人を再派遣し続ければ、仲間がさらに減ることになりはしまいかと恐れました。ですから、今度は自分自身がこの一件に専念することに決めたのです。そして、町に出向き御老体ムスタファの手助けで、アリ・ババの家を知ったのですが、何か目印をつける代わりに、じっと観察し、その前を幾度(いくど)も往ったり来たりしたのです。それから、自分の旅に満足して森に引き返しました。そして、仲間たちが待ち構えていた洞窟に入ると、こう話しかけたのです。

「今度こそ、蒙った損害をそっくり復讐できるぞ。復讐すべき犯人の家をしかと突き止めたんだ。そして、道中わしらがやるべきことを考えたんだ。誰にもわしらの避難所と宝をもう知られないようにする方策をな。すなわち、これこそがわしらの企ての目的なのだし、さもないとわしらに役立つどころか、わしらの命取りになるだろうからな。それでわしらの目的を遂行するために、わしが考えたことを言っておこう。細かい点もみな打ち明けるから、おまえらのうちで、もっとうまいアイディアでもあれば、言ってみてくれ。」

　そして、頭(かしら)が計画を説明しました。みんなが賛同しましたので、全員を近くの町や村に行かせて、十九頭のラバと油の甕三十八個（一個はいっぱい、他は空）を購入することにさせたのです。

　二、三日で盗賊たちは必要なことを手配しました。そして、甕の口が

計画の実行にはいささか狭かったものですから、頭は少々広げさせ、それぞれの甕に武装した部下を入らせてから、あたかも油が詰まっているかに見せて甕を閉じました。そして、うまくカムフラージュするために、外側には、油のいっぱい詰まった大壺から少量を取り出してこすりつけたのです。

こうして万端整えてから、ラバには三十七名の盗賊を甕に閉じ込めたまま積み込み、頭は隊商の先頭になって、町へと出発したのです。

計算どおり、日没から一時間後に到着し、アリ・ババの家にまっすぐに入って行き、一夜の宿泊を乞いました。

そのときアリ・ババは扉のところで、夕食後の涼をとっていたのです。それで頭はラバたちを止めて、アリ・ババに向かい、言葉をかけました。

「旦那、わしは遠方から油をもってきたんだが、明日これを市場で売れるかのう。それにこの時間じゃ、泊まる場所も見当がつかない。お邪魔だろうが、翌朝まで泊めてくださるとたいそう助かるのだけど。」

アリ・ババはこの話しかけてきた人物を森の中ですでに見ており、その声も耳にしたことがあったとはいえ、この油売り商の服装をした男を盗賊の頭だとどうして見破れたでしょう。それはとても無理な話でした。

「ようこそ、さあお入りくだされ」とアリ・ババは応対しました。こう言いながら、頭のラバたちも一緒に招き入れたのです。

そして同時に、アリ・ババはひとりの奴隷を呼んで、ラバの荷を降ろししだい馬小屋に入れて、まぐさの大麦を喰わせてやるように命じました。それから、台所に行き、マルジャーナには、到着していた客人のために夕食を用意したり、部屋にベッドを整えるようにと命じたのです。

それだけではありませんでした。客人を丁寧に迎えるために、この客がラバの荷を降ろし、星空の下で一夜を過ごす場所を求めていると分かるや、彼を応接室に導き、こう言ったのです――とても客人を中庭なぞ

「旦那、わしは遠方からこの油を持ってきたんだが、明日これを市場で売れるかのう。」

で眠らせるわけには参りません、と。そして、マルジャーナが食事の準備をしている間はご一緒したいと申し出て、客人を解放したのは、やっと食事がすんでからのことだったのです。

「この家はお宅のものです —— とアリ・ババは挨拶がてら言うのでした —— ここにあるものはすべてご自由にお使いくだされ。」

盗賊の頭(かしら)は扉までアリ・ババについて行きました。そして、アリ・ババが台所に入ってマルジャーナに命令している間に、盗賊の頭(かしら)はラバに何か不都合はないか見てきます、と言いわけして中庭に入ったのです。

アリ・ババはマルジャーナに対して、客人の世話をすること、何も粗漏(そろう)がないように、と再度促したあとで、こう付け加えました。

「マルジャーナ、明朝夜明け前に浴場(ハンマール)に行ってくる。わしの下着をきちんと整えてから、それをアブドゥッラー（これがアリ・ババの奴隷の名前でした）に手渡しておきなさい、そしてわしが戻るときのために上等のスープを作っておきなさい。」

こう命令してから、アリ・ババは引き下がり、眠りに就いたのです。

一方、盗賊の頭(かしら)はといいますと、馬小屋を出てから、部下たちの許に行き、為すべき手順を告げるのでした。

甕から甕へと一人ずつ、言い渡すのでした。

「わしが部屋の窓から小石を投げたら、手渡してあるナイフで上から下へ甕を引き割って外に出るのだぞ。」

こうした手筈を整えてから、頭(かしら)が家に戻り、台所の扉に姿を現わすとすぐに、マルジャーナは灯りを手に、彼を用意しておいた部屋に案内しました。その盗賊は疑われないように、しばらくしてから灯りを消して、すっかり身づくろいしたまま就寝しました。ひと眠りしてから、すぐに起き上がるためでした。

ところで、マルジャーナはアリ・ババからの命令を忘れてはおりませ

んでした。下着を整えてから、これをアブドゥッラーに手渡し、スープを火にかけました。ところが、鍋が泡立つ間に、灯りが消えてしまったのです。家には油も蠟燭もありませんでした。さて、どうしよう？

「そんなに気落ちしないで――とアブドゥッラーが彼女に言いました――中庭にある甕の一つから油を少しばかり取ってくれば。」

マルジャーナはアブドゥッラーに助言を感謝しました。そして、この奴隷がアリ・ババと浴場に同伴するために部屋の近くで寝に行った間に、彼女は小さな壺を手にして、中庭へ向かったのです。最初の甕に近づくや否や、隠れていた盗賊のひとりが小声で尋ねます。

「今ですかい？」

ほかの女性ならば、油が見つかる代わりに甕の中に男をひとり見つけたりすれば、大騒ぎして何か厄介事を引き起こしたでしょうが、マルジャーナはこういうことには超然としていたのです。そして秘密を守ることの大切さや、アリ・ババとその家族に振りかかろうとしている危険や、騒ぎ立てずにすぐ方策を練る必要性を、すぐに悟ったのです。ですから、動揺をひた隠しすることができましたし、すぐにこう答えたのです。

「まだよ、そのうちに。」

そして、彼女は次の甕に近づき、やはり同じ質問を受け、同じ答えをしたのです。残りのすべての甕にも次々と同じことをして、とうとう最後に油の詰まった甕のところにやってきました。

マルジャーナはそういうわけで、主人が油商を泊めるどころか、三十八人の盗賊を家に招じ入れたことに気づいたのです。

彼女は小壺に用心しながら油を満たしてから、台所に引き返し、油を少々灯明に注いで再点火してから、大鍋を手にして、中庭に出て行き、それに油を注ぎました。それから台所に戻り、火に掛けて、できるだけたくさんの薪を大鍋の下に差し込みました。より早く油が沸騰すれば、

それだけいっそう一家の救出に寄与するだろうからです。やっと油が沸騰すると、彼女はその大鍋を持って行き、それぞれの甕に最初から最後まで沸騰した油を注いで、その中に閉じ込もっていた盗賊ひとりひとりを窒息させ、命を奪ったのでした。

　この行為はごく静かに遂行されました。それから、マルジャーナは空になった大鍋を手にして台所に戻り、扉を閉めたのです。とろ火にして、アリ・ババのスープ鍋に必要なだけごとごとと煮え立てさせてから、灯りを消し、そして台所の窓から、これから起こるであろうことを目撃するまでは床に就くまいと心に決めて、じっと静かに身構えました。

　十五分も経たないうちに、盗賊の頭（かしら）が目覚めました。起き上がり、窓から眺め、窓を開けました。ところが、全然灯りが見えず、物音一つしないものですから、小石を投げて、仲間に合図を送ったのです。耳をすましても、物音ひとつしません。不安になって、頭（かしら）は二度、三度と小石を投げたのですが、小石が甕に当たっても、盗賊は誰ひとりぴくりともしません。でも、頭（かしら）にはどうしてなのかどうしても合点がいきません。不安になって、中庭に出てゆき、第一の甕に近づいて、盗賊が眠っているのではないかと尋ねかけようとしたとき、甕から焦げ物の臭いや熱い油の匂いがしておりました。それで、アリ・ババを殺して一家を荒そうという自分の企てが挫折したことを悟ったのです。第二の甕、三番目、四番目……に当たっても、全員が同じ死に方をしたことが分かりました。失敗したことに絶望し、ぐずぐずすることなく、頭（かしら）はアリ・ババの庭に飛び込み、そして別の庭を横切り、壁を飛び越えて逃亡したのです。

　マルジャーナはそのときずっと窓辺に佇（たたず）んでいたのですが、もう物音が聞こえず、盗賊の頭（かしら）がもう戻らないのを見て取るや、自分のやったことがうまく成功したことに満足して、床に就き、眠りました。

　アリ・ババは浴場からひとりで戻ってきて、家に入ると、油の甕だけ

そして、彼女はどの甕にも沸騰した油を少々振りかけにかかりました。

が置かれてあるのを見て驚き、やってきたマルジャーナに対して、甕を開けるように頼みました。

「ご主人さま――とマルジャーナは言うのでした――神がご主人とご一家を守られますことを。でも、わたくしがお見せしたいことは、ご自分でご覧になれば、お知りになりたいことがよくお分かりになりましょう。一緒にいらしてください。」

　アリ・ババがマルジャーナについて行きますと、最初の甕に案内して、言うのでした。

「甕の中をご覧になり、油があるかおっしゃってください。」

　アリ・ババが覗いてみると、甕の中にひとりの男が見えたものですから、びっくりして後退りしました。

「怖がらないでください――とマルジャーナは続けるのでした――ご覧の男は悪さを働きはしないでしょう。悪さを働きたくても、もうご主人さまにも誰にもそんなことはできないでしょうよ。」

「マルジャーナ、これはいったいどういうことかね？　説明しておくれな。」

「ご説明いたしますとも。でもまず、ほかの甕をご覧くださいな。」

　アリ・ババは甕を次々に全部調べました。そして、調べが終わると、すっかり仰天して、言葉もなくじっと動きませんでした。

　やっと話せるようになると、マルジャーナに尋ねるのでした。

「で、あの商人はどうなったのかい？」

「商人が商人なのは、わたしがわたしなのと変わりません。彼が何者で何を行ったのかをお話しましょう。でも、もう入浴された後でスープを召し上がる時間ですから、この話はお部屋で聞かれるほうがよろしゅうございましょう。」

　そしてアリ・ババが熱いスープを飲んでいる間に、マルジャーナは扉

そのとき、マルジャーナは窓辺にずっと佇んでいました。

にチョークの目印を発見したことから、偽商人が近くの庭を超えて特別なものを何も残さずに逃亡したことの話を、始めから終わりまですべて物語ったのです。話の締めにはこう言うのでした。

「きっとあれは森の盗賊団です。ご主人さまの破滅を誓ったのに違いありません。ですから、誰かひとりが生き返りはしないかよく注意していなくてはなりません。わたくしとしては、ご主人さまの生命を見張るのが義務ですから、何ひとつ見落としたりはいたしません。」

マルジャーナがこの長い話をし終えたとき、アリ・ババは感動して言うのでした。

「わしはおまえに然るべきお返しをしてしまうまで、死ぬわけにはゆかぬわい。わしの命はおまえのおかげなのだから、感謝のしるしの手始めに、今からおまえに自由を与える。でも、わしとしては引き続きもっと尽くしてもらいたい。わしもこれは四十人の盗賊団だと思っている。神がおまえを通してわしを救ってくださったのだし、これからもわしを保護し続けてくださることを希望したいものだ。とにかく、今は人類のこの有害な死体どもをさっさと極秘に埋めなくっちゃな。」

アリ・ババは奴隷のアブドゥッラーと一緒に庭に行き、盗賊たちの死体をすべて収容できるだけの大きな穴を掘り始めました。そして作業が終わると、死体を運び、急いで埋めてしまったのです。

甕や武器は用心して隠しましたが、ラバたちに関しては、必要ではなかったものですから、ほとんど一度に市場で売りに出しました。

一方、盗賊団の頭(かしら)はひどい屈辱を受けたまま森に戻りました。動揺し混乱しながら、洞窟に入り、アリ・ババに対して何か為すべきか為さざるべきか、決心がつきかねるのでした。

森の中に一人でいるのは、彼にとりいやなものでした。

「おれの仲間たち、おれの掠奪行為、おれの仕事をしてくれた同志ら

よ、どこに行ったのか？　おまえらなしでおれに何ができよう？　おまえらを選んで一緒に集めたのも、おまえらの勇気にかくも値しない、ひどい運命のせいで一度に滅びるのを見るためだったというのか？　せめておまえらが勇敢な男たちの手でサーベルを手にしたまま倒れたなら、あまり悲しまないものを。おまえらのような仲間をほかにどうやって集められようか？　それを望んで、企てようにも、これほどの金貨、これほどの銀貨、これほどの財宝を人目にさらすことができるだろうか？　一部はすでに奪い取った奴の思いのままになっているんだし。まずはこ奴の命を奪うまでは、そんなことは考えられぬし、考えるべきでもないわい。これほど有能な手助けでも果たせなかったことを、おれ単独でやるとしよう。そして、財宝を掠奪から救った暁には、後継ぎを残し、おれの後に所有者がいるようにしよう。ずっと後世にも財宝が保たれ、増加するようにしなくっちゃ。」

　こう決心してから、頭（かしら）はそれを実行する手段を見つけるのにまごつきはしませんでした。そしてそれから、希望いっぱいに、心を落ち着かせて、深くぐっすりと眠ったのです。

　翌朝、早く目覚めると、自分の計画に合ったしゃれた服装をして、町に出掛け、とある首長（ハーン）の家に泊めてもらいました。夜中にアリ・ババの家で起きたことが噂になっていたり、話題になっているものと想像して、ひとりの奴隷をつかまえ、町で何か新しいことはなかったかと尋ねたところ、この頭（かしら）に関心のあることとは大違いなことを話しましたので、頭（かしら）はアリ・ババが財宝の話を知られたくなくて内密にしていること、この財宝のせいで自分の命が脅かされていることを確信したのです。

　そのため、盗賊の頭（かしら）は一頭の馬を買い求めて、大量の貴重な布地や上等の織物を洞窟から運び出し、それらを売却するために、店を借りることにしました。ちょうどカシムの持ち物であって、目下アリ・ババの息

子が住み着いている家のさし向かいに一軒を見つけたのです。

　盗賊はハッグ〔メッカ巡礼を終えた人の尊称ハジのこと〕・フサインを名乗っていたのですが、慣例に従いすぐに隣の商人たちを訪れて敬意を表しました。そして、アリ・ババの息子はまだ若いながら、できがよく、才気も欠けてはおりませんでしたから、しばしば彼と話をしたり、彼をもてなしたりして、二人はすぐに友情を結んだのです。この偽商人は訪れて二、三日後に、アリ・ババが彼の父親だと知ると、この友情を細心の注意をはらって深めたのです。それで、思いやりや、招待や、贈り物やらを倍加させたのでした。

　アリ・ババの息子はハッグ・フサインにあまり恩義を感じたくなくて、思いやりに報いましたし、彼の家が狭かったものですから、財産家の父親に対して、この一件を考えてくれるようにと話したのです。

　「明日はお祭りだし——と父親のアリ・ババは言いました——店も閉じるから、ハッグ・フサインを招いて、午後おまえと一緒に散歩でもしなさい。そして、帰り道にわしの家の前を通り、彼を家に通しなさい。このように正式の招待をするほうがよかろうし、わしはマルジャーナにご馳走を準備して整えておくよう命じるとしよう。」

　そこで、翌日はアリ・ババの息子とハッグ・フサインは午後合流して、一緒に散歩を行いました。帰り道に、父アリ・ババの家の前を通りかかると、息子は友人に中に入るように誘いました。

　ハッグ・フサインは当初の目的がこんなにもだしぬけに達せられたと分かると、言いわけをし始めました。けれどもアリ・ババの息子は執拗に彼の手を摑んで、なかば強制的に彼を入らせるのでした。

　アリ・ババはハッグ・フサインを心から歓迎しました。そして、長い会話の後で、フサインが立ち上がって別れを告げようとすると、アリ・ババは彼に留まって、一緒に食事をするように誘ったのです。

「アリ・ババさん——とハッグ・フサインは応じて言うのでした——おもてなしにに感謝しますが、ご招待をお断りしても、どうかお気を悪くなさらないでください。礼儀知らずでこう申し上げるのではないことを、どうかご承知おき願います。でも、わけがお分かりになれば、きっとお認めくださるはずの理由がわたしにはあるのです。」

「その理由とは何なのです？——とアリ・ババが尋ねました——お訊きしてもよいでしょうか？」

「申し上げることはできますが——とハッグ・フサインは答えるのでした——わたくしは塩っからいものは何も食べたくないのです。わたくしが塩からい食べ物をすべてお断りしたとすれば、あなたの食卓に敬意を表わすことがどうしてできましょう？」

「そんな理由でしかないのなら——とアリ・ババが言い張りました——どうかわたしの食卓にお招きする名誉をわたしから奪わないでください。うちの家で食べるパンに塩分は含まれておりませんし、そのほかのものに関しては、塩をまったく加えさせないことをお約束します。どうかお残りください、すぐに戻ってまいりますから。」

アリ・ババがマルジャーナに命令するために台所に行くと、彼女は不満の意を示さないではおれませんでした。

「で、それはどなたなのです？——とアリ・ババに尋ねました——塩分をとらないという厄介なその方は？」

「立腹しなさんな、マルジャーナ——とアリ・ババが答えました——それは立派なお方だ。わしが言うとおりにしておくれ。」

マルジャーナは承諾しましたが、しぶしぶでした。そして、塩分をとろうとしないその人物を知りたいものだと好奇心を抱いたのです。然るべく準備を整えると、アブドゥッラーが食卓に料理を運ぶのを手伝いました。

アリ・ババと四十人の盗賊　79

ハッグ・フサインを見つけるや否や、マルジャーナは彼が変装しているにもかかわらず、盗賊の頭(かしら)だと見破り、念入りに眺めてみると、彼が衣服の下に短刀を隠していることを発見したのです。
「この悪党がうちの主人と塩からいものを食べたがらないのも不思議はない —— と彼女は内心思ったのです —— あれは主人のもっとも残忍な敵だし、主人を暗殺しようと狙っている。でも、わたしはこれを阻止できるわ。」
　食事が終わると、マルジャーナはアリ・ババの傍らにテーブルを据えつけ、その上にワインと三つのコップを載せてから、アブドゥッラーと一緒に引き下がりました。慣例に則り、アリ・ババに客人と気楽に面白い話をしたり、心ゆくまで客人に飲ませたりする自由をつくるためです。
　そこで偽のハッグ・フサイン —— むしろ、四十人の盗賊の頭(かしら) —— は、アリ・ババを殺害する好機が訪れたと思ったのです。
「ようし、この親子を酔っ払わせてやろう —— とフサインは考えたのです —— 生かしておきたい息子のほうは、わしがこの親父の心臓に短刀を突き刺しても阻止しはすまい。わしはそれから、前回やったように、庭を通り抜ければ助かるだろう。あの女と奴隷はまだ夕食を終えていないだろうし、あるいは台所で居眠りでもしているだろうて。」
　ところが、偽ハッグ・フサインの計画を見抜いていたマルジャーナは、その計画を遂行する余裕を彼に与えはしなかったのです。彼女は踊り子の美しい衣裳をまとい、髪を上品に整え、脇腹には金の小刀が吊り下がった銀のベルトを締め、そして顔には極美の仮面をかぶりました。このように盛装してから、奴隷を呼んだのです。
「ねえ、アブドゥッラー —— と言い含めるのでした —— あんたはタンブリンを持ちなさい。一緒に主人の客を楽しませてあげようよ。」
　アブドゥッラーはタンブリンを持ち、マルジャーナに先んじて広間の

彼女は短刀を取り出し、それを手に摑んだまま、もう一跳びしたのです。

中で演じ始めたのです。マルジャーナは後から広間に入場し、深く敬礼してから、じっと待ち構えました。するとそのとき、アリ・ババが彼女に呼びかけました。

「マルジャーナ、さあ前に出て、やれることを見せておくれ。」

するとアブドゥッラーがまたもタンブリンを奏でながら、舞踏会のモチーフに声を合わせ始め、マルジャーナのほうは、誰からもプロの踊り子とは思われていませんでしたが、実に巧みに踊りだしたのです。

そして彼女は肩掛けの舞や、ハンカチの舞や、棒の舞を舞ったり、それからユダヤ女の舞や、ペルシャ女の舞や、エチオピア女の舞や、ベドウィン女の舞を、あまりにもすばらしい身軽さで舞ったものですから、きっとスライマーンに恋する女王バルキス〔シバの女王〕だけしかこれに匹敵することはできなかったでしょう。

こうして長らく舞ってから、彼女は短刀を取り出し、それを手に持ちながら、さらに新しい舞をしながら、しなやかに、烈しく、荒々しく、これ以上ないほど巧みに身を反らしたりして、さまざまな動作で最高の力を発揮したのです。ときには切りつけるかのように短刀を持ったまま前進したり、ときにはわが身を刺す振りをしたりするのでした。

とうとう疲れて息を切らしながら、アブドゥッラーの手からタンブリンを受け取り、左手でそれを摑み、右手には短刀を握って、アリ・ババの前に進み、プロの踊り子がやるようにタンブリンを差し出して、見物人たちからの気前のよい喜捨を促すのでした。

アリ・ババはタンブリンの中にディナール金貨一枚を投げ込み、もう一枚を息子も投げ込みました。ハッグ・フサインはマルジャーナが自分のほうに振り向くのを待つことなく、胸から財布を取り出し、金子を投げようとすると、マルジャーナはさっと飛び上がって、彼に突進し、その心臓の真ん中に短刀を突き刺したのです。

アリ・ババとその息子は驚愕のあまり、叫び声を上げました。
　「意地悪女め、何をしでかしたんだ？——とアリ・ババがどなりつけました——わしとわしの一家を滅ぼすつもりなのか？」
　「いえ、いえ——とマルジャーナが答えました——これはあなた方を滅ぼすためじゃなくて、お救いするためなのです。」
　そして、ハッグ・フサインの外套を剥ぎ、敵が武装していた短刀を引っ張り出しながら、つけ加えて言うのでした。
　「このひどい敵をどうすべきだったか、しかとご覧あれ。この男の顔をよく見てください。あの偽の油商人や四十人の盗賊の頭(かしら)だとお分かりになるでしょう。」
　アリ・ババは二度もマルジャーナのおかげで命びろいしたと知って、彼女を抱き締めて言うのでした。
　「おお、マルジャーナ、わしはそなたに自由を与えたし、それだけに留まらぬことをそなたに約束した。わしの感謝を示すときがきた。どうかわしの息子の嫁になってはくれまいか。」
　そして、息子のほうを振り向いて、つけ加えるのでした。
　「なあおまえ、おまえに相談もしないでマルジャーナをおまえの妻にしても、おかしなことだとは思わないでおくれ。マルジャーナはわが家の最良の支えだった。だから、おまえの最良の支えにもなってくれるだろうよ。」
　息子はこの結婚にただちに同意しました。それは父親の意に服するためばかりか、マルジャーナが強烈な魅力を有していたからでもあったのです。
　このように決定がなされてから、盗賊の頭(かしら)の遺体を仲間たちの遺体の傍らに埋めるように配慮がなされましたし、しかもこのことは極秘の内になされたのです。

数日後、アリ・ババは息子とマルジャーナの結婚を祝いました。盛大な宴会が催され、踊りや、芝居や、各種の余興を伴った、それはそれは豪華な祝宴でした。

　結婚式のあとで、アリ・ババは兄の遺骸を運び出してきた日から、例の洞窟に戻るのを差し控えていたのですが、三十八人の盗賊の死後もずっとそれを差し控えていたのです。その結末を知られていなかった残りの二人が、いまだ生きているのではあるまいかと怖れたからでした。

　でも一年後に、どうしても戻ってみたくなりました。それで、アリ・ババは馬に乗り、洞窟に近づいたとき、男たちの痕跡も、馬の痕跡も見つからないのを吉兆と受けとめたのです。馬から降り、馬を繋いでから、岩の前で呪文を唱えるのでした——開け、ゴマ！　と。すると岩が開きました。

　入ってみると、見つかった洞窟の状況から、ずっと前から誰ももうここに入ったことがないと確信したのです。そして、自分だけが素晴らしい秘密を知っていることを、もはや疑いませんでした。持参した袋に金貨を詰めてから、町に引き返したのです。

　それから以後、アリ・ババとその息子——彼には、アリ・ババは洞窟に入るための秘密を教えました——が、両人の後では子孫たちが、幸運と節度をもって享受しながら、みんなから敬われて、大金持ちとして暮らしたのでした。

魔法の馬

　昔むかしペルシャに、有能で大金持ちで、知恵があり、抜け目のない王様がおりました。三人いた娘は天空の月と同様で、よく手入れされた牧場に輝く素敵な三本の花みたいな美人でしたし、一人息子は人柄が月のようでした。

　王は毎年民衆のために二回、盛大なお祭りを催していました。一つは春の初め、もう一つは秋に行われ、このお祭りの期間は、宮殿全体の扉を開放させ、贈り物をただで提供したり、恩恵を施したりするのでした。ですから、王国の四方八方から王に敬意を払ったり、あらゆる種類の贈り物を王に持参したりするために、人びとが馳せ参じるのでした。

　さて、ちょうど春祭が催されていたとき、王は幾何学や天文学といった学問愛にすべての資質が結びついているような方でしたが、玉座に就いていますと、それぞれに技(わざ)の名手たる三人の魔術師が前進してくるのを見ました。

　第一の魔術師が玉座に近づき、王の前に参上し、まことに王にふさわしい贈り物を差し出しました。黄金の人物像で、宝石をちりばめてあり、手にはやはり金のらっぱを握っていました。

　王にこの人物像は何に役立つのかい、と尋ねられると、その考案者は答えるのでした。

　「この黄金像には素晴らしい力がございます。城門に置かれれば、確固たる見張り人になりましょう。もし敵が侵入をはかろうものなら、それを遠くから見破りますし、その者に向かってらっぱを響かせてその者を麻痺させて、恐怖で死なせてしまいますから。」

　王はこの言葉にかなり驚き、答えました。

「おお賢者よ、アラーにかけて、そなたの言が真(まこと)なら、そなたの望みをすべて実現してやろう。」

そのとき、第二の魔術師が進み出てきまして、大きな銀のたらいを王に差し出しました。その真ん中には金製の二十四羽の雌孔雀(クジャク)に囲まれた、やはり金製の孔雀が一羽置かれていました。

王はその贈り物を不思議そうに眺めてから、その考案者にそれは何の役に立つのかい、と尋ねました。するとこう答えたのです。

「王様、昼夜どの時間にもこの孔雀は嘴(くちばし)で二十四羽の雌孔雀の一羽をつつき、それを立たせます。すると、その雌孔雀は羽をばたつかせます。これは引き続き、すべての雌孔雀を立たせるまで行われます。そして、月末に口を開けますと、新月の四分の一がそののどの奥に現われます。」

「アラーにかけて、そちの言うことが真(まこと)ならば、いかなる願いであれすべて叶えてやろう。」

そのとき、インド人の第三の魔術師が前に進み出て、王に黒檀と象牙から成る、見事な鞍をつけた素敵な馬を贈りました。

王はあまりの美しさとあまりの完璧さにびっくり仰天して、その馬の功徳(くどく)は何か、と尋ねました。すると考案者は答えたのです。

「王様、この馬の功徳は素晴らしいものでございます、というのも、それに乗られると、騎手もろともあっという間に大気を横切り、どこへなりと意のままに騎手を運びますし、普通の馬なら走破するのに一年を要する距離でも、一日で進むことでしょう。」

王はこの最後の贈り物に並外れて驚いてしまい、この新たな驚異を知ったり味わったりしたくなって、考案者に言うのでした。

「アラーにかけて、そなたの言うことが真(まこと)ならば、どんな願いでもすべて叶えてやろう。」

さて、たまたま町から三マイル離れた所に、その頂上がくっきりと拝

める一つの山がありました。それで、そのインド人の言葉をためすために、王はその頂上を指さして言いました。

「あの山が見えるかい？　そちにあそこへ行ってもらいたい。距離は長くはないが、証明するのには十分じゃ。あそこまで目でそちを追跡することはできぬゆえ、あの山麓に生えている棕櫚の枝を一本余に持ってきてくれたまえ。」

すると、インド人は馬の尻に跳び乗り、鐙（あぶみ）に足を掛け、鞍の近くにあったねじを回しました。するとたちまち馬が地面から立ち上がり、騎士の彼を雷光みたいに空中に運び上げ、そして天上高く舞い上がったため、数分のうちに見失ってしまいました。でも十五分も経たないうち、インド人の男は言ったとおり、手に棕櫚の枝一本を持ちながら、戻ってきたのです。そして数分後には地上の玉座の前に降下し、馬を降りてから、王の足下にひれ伏しながら、棕櫚の枝を差し出したのです。

ペルシャ王はあまりの驚異に仰天して、その馬を手に入れたくて仕方なくなり、インド人に向かい、お返しに何が欲しいのかい、と尋ねました。すると、インド人の男は答えるのでした。

「陛下がわたくしの発明品を高く評価されますゆえ、わたくしも礼を失するのを畏れずに申し上げます。陛下のこの上なく美しいお嬢様を妻に頂戴するとの条件でのみ、わたくしの馬をお譲りしてよろしゅうございます。」

ペルシャ王を取り巻く廷臣たちはこのインド人のとっぴな要求におかしくて笑いをこらえられなかったのですが、王としては、好奇心を満たすためなら、娘を犠牲にしてもかまわないと考えていました。けれども、どう答えたり請け合ったりしたものか、とためらったのでした。

そのとき、息子で王位継承者のフィルーズ・シャー王子が父が答えに窮しているのを見たり、娘を犠牲にして王の尊厳を踏みにじってしまう

魔法の馬

のではないかと恐れたりして、父王に向かって言ったのです。

「陛下、失礼ながらあえてお尋ねしますが、そのインド人の無礼な要求にふさわしい拒否のことをあれこれ考えられるのではないでしょうか。地上で最強の帝王のお一人が見知らぬひとりの男と同盟を結ぶなぞとどうして考えられましょう？　わたくしはどうか、陛下がいかにこの一件を処すべきかご考慮されるようお願いします。ご自身のためにも、血統のためにも、先祖の高貴な皇統連綿のためにも。」

「息子よ —— と王は答えました —— そなたの示した熱意には感謝する。だが、この馬の優秀さや、また、ほかの君主がこれを所有したときに余の絶望はいかばかりかということも十分に考えておくれ。さりとて、余がこの考案者の要求していることに同意しようとしているという意味ではない。たぶん、ほかの考案者に同意を与えることもできよう。まあとにかく、そなたがこの馬を調べた上で、そなたがどう思うかを告げるべく、自分自身で検査してみなさい。」

インド人の男はこのやりとりを聞いて、王が自分の条件を受諾する気がまったくないわけではないことや、また王子がたとえ反対を表明したにせよ、結局は自分に好意的になるかもしれぬと見て取り、たいそう満足しました。それで、王の提案に大喜びで同意し、馬に近寄り、王子が乗るのを助けたり、どうやって馬をリードするかを告げたりしたのです。

王子はたいそう有能でしたから、助けなしに馬に跳び乗りました。鐙(あぶみ)に足をかけるや否や、インド男の助言を待たずに、この考案者が回すのをすでに見ていた通りにねじを回したのです。それを回すや否や馬はさっと一番強力な射手から放たれた矢のように飛び上がりました。それで数秒のうちに、王も宮廷の者も、観衆全員も、見失ってしまいました。

馬と王子はもはや見えなくなったため、ペルシャ王はそれでも何とかして遠い空中で彼らを発見しようと懸命に努力を続けたのですが、何ひ

廷臣たちは……おかしくて笑いをこらえられませんでした。

とつ見つからず、王の不安は次第に高まっていったのです。

　インド男は必要な操縦法を王子に教えなかった責任を痛感して、王子の運命について王様を安心させようとしたり、弁解しようとしましたが、王は彼の申し開きを遮って言うのでした。

　「三か月以内に息子が無事に戻らなかったなら、または生きていると確信できなかったなら、そちの首は息子の命の穴埋めになろうぞ。」

　一方、フィルーズ・シャー王子はこの異常な馬と一緒に空中に昇り続けました。こうして一時間も経たぬうちに、高く舞い上がったためもう地上のものは何も見分けがつきませんでした。山も谷も混じり合ってしまいました。そのとき王子は出発地点に降りたくなりまして、ねじを裏返したり、手綱を引いたりすれば成功するだろうと想像したりしたのですが、たいそう驚いたことに、馬はやはり同じスピードで昇り続けたのです。いろいろ無駄な試みをやってから、馬の右目の近くにもう一つのねじがあることに気づきました。急いでそれを回すと、馬が降下し始めたことにすぐ気づきました。馬が降下し始めたときには、もう半時間前から、夜の闇が地上を覆っていたのですが、王子が大地にだんだん近づくにつれて、影はますます濃くなってきました。

　もう居場所も馬もどちらに手引きしてよいかも分からなくなって、王子はすっかり運に身を任せ、馬の勝手にさせたまま我慢強く待ちました。

　だいぶ経過してから、やっと馬は停止しました。王子フィルーズ・シャーは地上に足を置くことができました。夜陰の中で彼がやった最初のことは、居場所を突き止めることでした。そしてびっくりしたことに、彼は豪華な宮殿の屋上テラスにいたのです。この屋上テラスの片側には階段がありました。それで王子は突然出くわすかも知れぬ危険のことも考えずに、急いで降りたのです。そして半開きになった扉の前に出ると、その向こうには、かすかに照らされた大広間が見えました。じっと耳を

夜の闇はすでに地上を覆っていたのですが、王子が地上に近づくにつれて、影はますます濃くなってきました。

傾けましたが、聞こえてきたのは眠った人びとのかすかな寝息だけでした。それで扉をちょっと押して、中に入りました。おぼつかない光で見分けられたのは、身の傍らに抜き身のサーベルを手にして眠っている幾人もの黒人奴隷たちでした。

　扉が開け放たれた広間の奥には、まばゆく照らされたもう一つの広間が通じていました。

　王子フィルーズ・シャーはそっと用心しながら、物音を立てないようにし、この宦官たちの目を覚まさないように彼らの広間を横切って、次の広間の扉のところで立ち止まりました。そこは寝室であって、たくさんのベッドがありました。低いものやかなり高いものまでありました。それぞれのベッドには、一人ずつ美少女がすやすやと眠っており、しかも高いベッドにいた美女はあまりにも飛び抜けて驚くばかりの上﨟(じょうろう)でしたので、王子はすっかり魅惑され、恋の炎が燃え立つのでした。

「うわっ——と王子は心の中で叫んだのです——もしや運命のせいで、わたしは自由をなくさせられるためにここに導かれたのではないか？この者が目を開けるや否や、その目がかくも素晴らしい優美な贈り物に光明と完璧とを授け終えるとしても、わたしはこの宿命の奴隷状態をじっとこらえて待つべきではないのでは？　きっぱり諦めなくちゃならぬ。わたしは自分自身を殺さなくては退くわけにはいかぬし、もうやむにやまれぬ状態に追い込まれているんだから。」

　そうこうするうちに、王子は眠っているその美女に近づいていき、跪いて、ベッドに寄り掛かっていた彼女をぐいっと握っていました。

　王女は——実際に王女だったのです——目を開けました。そして、目の前に体格の良い、優雅な美男子がいるのを見て、はっと驚きましたし、茫然となったのですが、恐怖の気持ちを表に現わしはしませんでした。

　ぜひ知っておく必要があるのですが、数日来、インド王の王子がお姫

幾人もの黒人奴隷が抜き身のサーベルを手にして眠っていました。

さまを妻に迎えたがっていたのですが、姫の父であるベンガラ王は相手の容貌が醜くて無態なためにその申し出を断ったのです。ところで、姫のほうはこの王子の眉目よい若者の姿を足許に見たとき、たちまち憧れの人だと思い込み、きらきらした目つきで王子をいとおしげに見つめながら、にっこり微笑して叫んだのです。

「アラーにかけて、父は嘘をついたんだわ、あなたが醜男で俗っぽいだなんて！」

フィルーズ・シャー王子はこの言葉やそれに伴う微笑から、この姫が自分に相当好意的だと見てとりまして、ためらうことなく自分の冒険譚を語り出しました。姫は興味津々に聴き入り、この訪問者が身分が高くて、彼女にふさわしい品位があることを知り、たいそう満足したのです。

そうこうするうち、姫に付き添いの女官たちが目を覚ましまして、美青年が現われ自分らの女主人の足許に跪いているのに仰天しました。すると、姫は腰元たちが目覚めたのを見て、この王子が旅の疲れを取るためぐっすり眠れるように、一部屋を準備することを彼女らに命じたのです。それと同時に、王子が目を覚ましたときには豪華な祝宴ができるようにしておくことをも指示しました。

王子が引き下がるや否や、姫は立ち上がると、宝石や豪勢な晴衣で身を飾り始めました。そして、体にとてもいい芳香をつけるために、いくどとなく鏡で自分の姿を眺め終えるまでは、腰元たちを自由にはさせませんでした。そして、ようやく厄介な身づくろいが終わると、王子が目覚めたかどうか、そしてお伺いしてもよろしいかどうかを訊きにやらせたのです。

すると王子は姫が会いたがっていると知るや否や、さっと立ち上がり、大急ぎで身づくろいしました。

姫はやってくるなり、よく眠れたかどうかを尋ねてから、この件では

姫はいくどとなく鏡で自分の姿を眺め終えるまでは、腰元たちを自由にはさせませんでした。

すっかり安心すると、祝宴の用意を命じました。その祝宴はとびっきりの豪勢なものが振る舞われました。でも、姫はこのようなお客にふさわしいものは何ひとつございません、と言って詫び続けるのでした。
　「王子さま、どうかお許しくださいませ──と姫はさらにつけ加えたのです──こんな質素なおもてなし方を。本当は本宅でお迎えしたかったのですが、宦官長にはそこへお通しする絶対の自由があるのです。ただし、ここだけはわたくしが許可すれば宦官長も入れるのでございます。それで、わたくしといたしましては、わたしどもが邪魔されない場所でお目にかかりたいと存じます。」
　フィルーズ・シャー王子は姫の好意が自分のそれと符合しているのをもう確信しました。でも、彼女の一つひとつの言葉や、視線のそれぞれが自分の情念に炎をかき立てたとはいえ、彼女の地位と徳に相応の敬意を決して忘れはしなかったのです。けれども、腰元たちのうちのひとりがこの状況のいきつく道を見抜き、また、思いがけない露見の結末をひとりで怖れたりしたものですから、こっそりと逃げ出し、見張り頭の許に駆けつけて、叫んだのです。
　「いったい全体、おまえさんは王のために何という警護をしてるの？　おまえさんの女主人の所へあんな殿方か魔神を忍び込ませたのは誰なの？　もしことがもう取り返しのつかぬことにでもなれば、おまえさんの面目はすっかり丸つぶれになるわよ！」
　この言葉に見張り頭ははっとして、自分の目で確かめに飛び出しました。そして内側の部屋のカーテンを持ち上げると、姫の傍らに美しい顔つきをした物腰も堂々たる若者が座っているのを見て、容易には入り込めませんでした。それでわめきちらしながら王の許に走って行き、つくや否や、衣服を引き裂き、頭上に灰をふりかけながら叫んだのです。
　「おお、王さま、すぐにいらしてくださいませ。お姫さまをお救いく

姫は宴会の給仕をするようにと命じました。

ださいませ。王子の似姿に化けた魔神めがお姫さまと一緒におります。まだ奴が姫にとりつかれぬうちに、お急ぎくださり、奴を捕まえるようご命令くだされ。さもなくば、世継ぎをなくせられましょう。」

王は急いで立ち上がると、王女の宮殿へと駆けつけました。戸口で王女の腰元の一人に出くわしますと、彼女は王の怖れているありさまを見て答えたのです。

「おお、王さま、お姫さまのことはご心配なさらないでくださいませ。あの若者は心根も眉目も美しいですし、それに物腰も王さまのお望み通り、清純でございますから。」

これを聞いて、王の怒りも少し鎮まりました。でも、まだはっきりとさせるべきことがたくさんありましたので、抜刀したまま、恐ろしい形相で姫と王子が話している部屋へと躍り込んだのです。フィルーズ・シャー王子は狂暴な格好で自分のほうに王が突進してくるのを見て、自分でも刀を抜き、防衛の姿勢をとりました。でも、王は相手のほうが強いと見るや、刀を鞘に納めて、礼儀正しい挨拶の仕草をしたのです。

「もしや、お若い方よ——と尋ねるのでした——あなたは魔神ですかな、それとも人間ですかな？　人間の外見をしておられるが、悪魔の仕業によらずして、いったいどのようにここにいらっしたのですかい？」

「王よ——とその若者は答えるのでした——かくも美しい姫の父君には然るべき対面を重んじるのでなければ、とてもかかる罪状には耐えられません。わたくしとてもやはり王子ですから。でもご安心なされよ。たとえここにいかに異常な仕方で到達したにせよ、わたくしの意図は人道に沿う立派なものです。わたくしの望みはあなたのお姫さまと結婚して、あなたの婿になることだけなのです。」

「そなたが言うことがすべて本当だとしても——と王は答えるのでした——許可もなしに宮殿に入るのは王子たるものの礼儀にかなっていな

「いったい全体、おまえさんは何という警護をしているの?」

いし、それに予告もなく、王位の目印もなしにここにやってきたこともそうだ。ところでだ、そなたがわたしの娘に求婚するに値することを、どうやって民に説き伏せることができようか？」

「名誉と王位の証明は――と王子が言い返しました――光輝や従者だけにあるのではありません。これらとてわたくしが呼び出すことは可能です。ただし、いくらか猶予の時間を与えてくださればの話です。なにしろ、わたくしの父が治めている国はここから相当に隔たっておりますゆえ。その代わり、わたくしがみんなの満足のゆくように、たった一人で、何らの助けなしに自分の威厳を証明できれば十分かと存じます。」

「単独で、助けなしにだと？――と王が訊き返しました――どうしてそんなことができるのかい？」

「それじゃ証明してみせましょう――と王子が答えました――あなたの軍隊を呼び寄せて、この宮殿を取り囲むようにさせてください。そしてこう伝えてください――《ここに誰も知らぬよそ者がいる。この男が言うには、王のあなたが姫への求婚をこの男に認めなければ、力づくで奪ってやる、とのことだ。》そして彼らにはわたくしを捕らえて奴隷にするために、どんな手段でも使うように命じてください。ですが、もしわたくしがこの試練に生き残ったなら、はたしてわたくしが王であられるあなたの婿(むこ)になるに値するか否かを、彼らに判断させてくだされ。」

王はすぐさまこの申し出を受諾しましたが、悩ましかったのはただ、こんなに美しくて前途有望な若者がこんな馬鹿げた冒険で命を失いはしまいかということだけでした。

その当日になると、王は大臣を呼び寄せて、軍隊の指揮官たちに部下を全員集合させるよう命じました。こうして、王宮の周囲に四万の騎兵と同数の歩兵が集合しますと、王は彼らに指示を与えて、言うのでした。

「余が話しておいた若者が攻めかかり、そちらを戦闘に引き込んだな

ら、飛び掛かり、この男を捕虜にせよ。絶対に逃げられないようにするのじゃぞ。」

　それから、王は集合した全軍を見られる地点に王子を誘導して、呼びかけました。

「あそこに、そなたが闘うべき相手が集合している。さあ、勇気をだして、よりいいと思えるとおりにやりなされ。」

「いいえ——と王子は応じました——この条件はふさわしくありません。あそこに見えているのは、歩兵と騎兵です。わたくしが徒歩(かち)なのに、どうしてこんな兵隊と闘えましょうぞ？」

　すると、王はすぐさま厩舎で最良の馬を王子に提供したのですが、王子は拒否しました。

「そんなことが——と王子は言うのでした——わたくしが乗ったこともない馬にそんな条件で命を預けることが、正当だというのですか？わたくしはこちらへ乗ってきた馬にしか乗りません。」

「で、そなたのその馬はどこにいるのかね？」と王が尋ねました。

「わたくしが馬を放した場所なら——と王子が答えました——宮殿の屋上テラスの上に決まっています。」

　この返事を聞いた者たちはみな、仰天してしまいました。なにしろ馬が宮殿の屋上テラスによじ登った、などということはとてもありそうには思えなかったからです。それでも王は探してみるように命じたのです。そして、探索を任された者たちは、黒檀と象牙の馬が生気もなく停止したままでいるのを発見したのです。このようなわけで、彼らにはこれは冗談のように思えたのですが、王命に従うために、その馬を肩にかけて、宮殿の前の広場に運び込みました。広場には王の兵隊たちが集合させられていました。

　そのとき、フィルーズ・シャー王子が前進しながら、馬の尻に跳び上

がり、立ち向かってくる武装兵八万人に挑んだのです。すると、これら兵士としても、若者が無謀な企てをしようとかくも覚悟を決めたのを見て、サーベルを抜いたり、槍を振り下ろしたりして、全員が一勢に任務に精力を注ぎました。王子は敵どもがほぼ背中に迫るのを予期しながら、鞍の近くにあったねじを回して、馬を空中に急上昇させました。すると、敵の群れはことごとく馬の下で悲鳴をあげたのです。これを見て、王とその廷臣たち全員は仰天して叫び声を上げました。軍隊はことごとく動揺し、あちこちへ駆けずり回りながら叫んだり、自分たちの頭上を飛ぶ魔法の馬に遠くから脅しをかけたりしたのです。そのとき、王は不安に襲われ、またこれはまさしく何か悪しき魔神が姫をかっさらおうとしているのでは、と恐れもしたものですから、射手たちに弓を引くよう命じたのですが、彼らが弓を用意する前に、フィルーズ・シャー王子はねじをもうひとひねりしたものですから、たちまちのうちに、馬はさらにひとつ跳びはね上がり、宮殿の天辺より高くに上昇しました。こうして、放たれた矢はことごとく引き手たちの頭上に落下したのでした。

　すると、王子は王に向かって叫んだのです。

　「おお、ベンガル王よ、これでわたくしがあなたの婿（むこ）になるのにふさわしいか否かお分かりかな？　姫をわたくしにくださるおつもりか否か、どうなさいます？」

　でも、王の怒りたるやものすごかったのです。なにしろ、王は民衆の目には度外れているか狂っているように見えたほどですから。他方、王の軍隊はパニックに襲われてしまい、どんな犠牲を払っても王国の秩序や連帯を乱せる力を備えた男を婿にしようとは欲しなかったでしょう。ですから、王は王子に向かってはるか遠方からこう叫んだのでした。

　「卑怯な魔法使いめ、貴様の命に注意せよ。わが王国に舞い戻り、足を再び踏み入れてみろ、貴様は娘じゃなく、死が見つかるだろうて。」

姫は宮殿の屋上テラスから戦闘を見物していました。

知っておいてもらいたいのは、この時間ずっと、姫が宮殿の屋上テラスから戦闘を見物していたことです。そして、当初は王子のことをひどく心配して、たいそう気がかりだったのですが、その後王子が脅かされていた危険を克服するのを見たとき、同じくらい喜んだのです。けれども、姫は父の言葉を耳にするや否や、自分と恋人とが離間させられるに違いないという新たな怖れにとらわれたのです。ですから、王子が再び魔法の馬に乗ってさっと現われるや、彼のほうへ両腕を伸ばして、叫んだのでした。
　「飛ぶ馬の殿よ、どうかわたくしを悲嘆の中に独り取り残さないでくださいな。あなたがわたくしから遠く離れて行かれるなら、わたくしは死んでしまいます。」
　フィルーズ・シャー王子はこの言葉を聞きつけるや否や、飛翔中の駿馬を引き止め、ゆっくりと降下しながら、宮殿の屋上テラスの上に停止し、姫を両腕で抱るや、目の前の鞍（くら）に座らせました。そしてただちに馬は再び上昇して、二人をすぐにあまりに高く運んだものですから、王の目からも民衆の目からも姿を消してしまったのです。
　二人が飛翔中に、昼の光はますます暑くなり、太陽は二人を焼けつくように燃えていました。王子は下のほうを眺めていて、とある湖の岸辺に緑の芝生を見つけたのです。それでこう口を開いたのです。
　「おお、ぼくの心からの憧れの人よ、あの下の芝生に降りて一服し、涼んで夕方を待とう。そうすれば、人目につかず父の宮殿に到着するだろうし、あなたを無事にこっそりとそこへ案内して、あなたが身分にふさわしく、わたくしの父君の宮廷に現われるよう手配して見せます。」
　姫は同意しました。そして二人は降下し、湖の近くに座り、夕方まで優しく愛を確認し合いました。それから、立ち上がり、再び魔法の馬に乗り、夜中に、ペルシャ王の住む町の近郊に到着したのです。

二人は湖の近くに座って、夕方まで優しく愛を確認し合いました。

さて、夏の宮殿の庭はすっかり静寂と孤独が漲っていました。こっそり到着すると、王子は姫を扉が開かれたままの東屋に残し、馬をその前に繋ぎ止めたまま、姫には招待の許可がおりて宮殿の中に通されるようになるまで待機しているように頼んだのです。

　このように姫を無事に避難させておいてから、王子は町の中の父王の許に出向きました。そして、父王が王子のいなくなったことでひどい悲しみにいまだ打ちひしがれているのを見つけたのです。父王は王子の姿を見るや、立ち上がって親しく抱擁しながら、王子の戻ったことを大喜びし、冒険のことをいろいろ尋ねるのでした。王子は答えました。

「父上、お喜ばしいことに、わたくしは出発したときよりはるかに金持ちになって戻って参りました。なにしろ恋い焦がれる目でも見かけたことがないような、特別の別嬪の姫を一緒に連れてきましたものですから。しかも、彼女はベンガル王の王女なのです。わたくしの彼女への大きな愛情と、わたくしが敵たちの間で他国者であったときに彼女が尽くしてくれた大きな奉仕とにかけて、わたくしとして目下の望みは、彼女との結婚にご同意を頂くことしかございません。」

　すると、王は姫が行った一切のことや、二人が一緒にどうやって逃亡してきたかを聞くや否や、すっかり喜んで同意したのです。そして、ただちに命令をくだして、宮殿には姫を丁重に迎え入れる準備をさせたり、翌日には姫が地位相応に民衆の前にお目見得できるようにさせました。

　こうして、すべてのことが準備されている間に、王子は例のインド人の消息について尋ねたのです。それというのも、王が彼を殺させてしまったのではないかと恐れていたからです。

「彼のことは話すな――と王は大声で叫びました――奴とその発明を余に知らせることは天が余から回避したのだ。余の心痛はことごとく奴に由来しているのだから。目下、奴は牢屋で死を待っておる。」

夏の宮殿の庭は沈黙と孤独にすっかり覆われていました。

「いや、いけません —— と王子が言い返すのでした —— もう解放してやり、丁重に補償してやらねばなりません。なにしろ、そんなことを欲しはしなくとも、わたしの幸運の原因は彼のせいだったのですから。ただし、妹を彼の妻に差し出したりはしないでくださいませ。」

それで、王はインド人の男を呼びにやり、彼にこう言うのでした。

「余の王子は、そなたのつまらぬ発明品のせいで余から引き離されたが、無事に戻ってきた。よってそなたを生かしてやり、礼服を遣わす。そして、そなたに馬を返すから、どこへなりと立ち去りたまえ。ただし、二度と余の前に戻るでないぞ。そなたが結婚したければ、身分相応の女性を探せ。王女なぞを望んだりはしないことじゃ。」

インド人の男がこの言葉を聞くと、怒りを隠し、深く一礼して王の御前から立ち去りました。そして、彼がどこに行こうとも、宮殿中で語られているのを耳にしたのは、王子が魔法の馬で戻ってきたこと、一緒にとびっきり別嬪の姫を連れ帰ったことでした。

こうした話を聞いたものですから、彼はすぐに計画を立て、大急ぎで駆けつけたため、王子と王によって遣わされた使者よりも早く、夏の宮殿に到着することができたのです。

こうして庭の東屋に到着すると、彼は姫が待っているのを見つけました。そして、扉の前には象牙と黒檀の馬が見えました。そこで彼の心は狂喜しました。しかもその少女が筆舌に尽くせないほど美しいのを見たとき、さらに喜びが増したのです。彼女が座っていた部屋に入るなり、跪いて床に接吻しました。すると、彼女は表敬の礼服を着た男を見て、懸念なく尋ねました。

「どなたです？」

インド人が答えました。

「おお、月のごとく麗しきお方さま、わたくしめはあなたさまがお通

りになる道路の埃に過ぎません。今ここに参りましたのは王子さまの従者としてでございます。王宮のお部屋に大至急お連れするよう命じられた次第です。王子さまはお部屋でもどかしく貴女(あなた)さまをお待ちです。」

　そのインド人の男は見るからに憎らしくて嫌悪すべき顔つきをしていましたから、姫は驚きをもって眺めながら、訊くのでした。

　「王子はあなた以外の人を遣わすことはおできになれなかったの？」

　すると、インド人の男は彼女が何を言わんとしているのかを察知して、微笑して言うのでした。

　「おお、心を探し求められるお方よ、王子さまがこんなに魅力に乏しい男を遣わされたとしても、どうか驚かれませんように。なにしろ貴女(あなた)さまへの王子さまの思いはひどく嫉妬深くあるからです。そうでなければ、きっと王子さまはとびっきりの美男子を選ばれたでしょう。それゆえ、王子さまはわたくしめをお遣しになるほうを好まれたのです。」

　姫はこの言葉を聞くと、すっかり信用してしまいました。そして早く恋人と一緒になりたくて待ちきれなかったものですから、進んで彼の手に身を委ねたのでした。そこでインド人の男は馬に乗り、少女を後ろに座らせ、帯でしっかり自分の体に固定してから、馬のねじをす早く回したものですから、二人はすぐさま大空高く舞い上がってしまいました。

　一方、王子は恋人と一緒になりたいばかりに、ほかの誰よりも先に会うべく走り出したのです。そして、彼女が捕らわれたまま連れ去られるのを見て、絶望の叫びを上げ、彼女のほうに両手を伸ばしました。

　王子の叫び声は姫の耳にも届きました。下を眺めて、王子の絶望の仕草を見て驚きました。そこで、インド人の男に向かって言ったのです。

　「おお、奴隷男よ、どうして主人の命令に従わないで、わたくしを主人から運び去るのですか？」

　すると、インド人の男が答えました。

「あの者はわしの主人じゃないから、従う義務はないんだよ。あの者がわしにしでかした悪事は天がそっくり償ってくれよう。なぜなら、この馬はおまえを手に入れるためにわしが造り上げたんだからな。ところが奴はわしからこの馬を奪いやがって、そのため、わしは牢獄にぶち込まれたんだぞ。今度はわしがそっくり仕返しする番だ。奴の心はわしの心が苦しめられたとおりに、苦しめてやるのさ。でも、心を落ち着けるがよい。きっとわしはおまえの目にも、今にも奴がおまえに見えたより以上に優しく親切に見えることじゃろうからな。」
　この言葉を聞いて、姫は恐怖と嫌悪のあまり、鞍から跳び降りようとしましたが、インド人の男がきつく自分の帯で彼女を縛っておいたため、どうしようもありませんでした。
　そうこうするうち、馬は二人をペルシャ王の町から相当遠くに運んでおりましたし、夜が明けかかる頃には、カシュミールの地に到着したのでした。もう追っ手からは安全になったものと考え、また下には無人の土地が見えたため、インド人の男は川の傍らの森の端に馬を降下させました。そこへ姫を馬から降ろして、彼女に対して下品な親密さを発揮し始めようとしたとき、姫の悲鳴で付近で狩りをしていた騎士グループが引き寄せられたのです。グループを導いていたのは、偶然にもこの地方のサルタンだったのですが、美少女が醜男から虐待されているのを見て、前に駆けつけ、そのインド人の男に対し、何の権利があってそのような振る舞いをしているのか、と尋ねました。すると、インド人の男は大胆にも彼女は自分の妻であり、彼女をどう扱うかということは大きなお世話だ、と言い張ったのです。
　でも姫は彼の言い分を憤慨しながら否定しましたし、しかも彼女の美貌とその威厳のある振る舞いはすばらしかったため、その言葉だけで説得させるのは十分でした。そのため、サルタンはそのインド人の男を縛

りつけて殴打するように命じたのです。それから、近くの町に引っ張って行き、牢獄の奥に投げ込ませました。姫と魔法の馬に関してはどうかと言いますと、宮殿に連れて行かせ、少女には大勢の奴隷付きの豪華な住居を与えました。一方、馬は王室の宝庫の中に閉じ込めさせたのです。

　しかし、姫のほうはインド人の男から救われたことに大喜びしたとはいえ、彼女に対してとったサルタンのやり方から彼女の美貌に幻惑されたことを見てとり、恐怖を感じていたのです。そして事実、翌日の早朝には犬どもや、町中の祝宴で目覚めさせられ、これほどの浮かれ騒ぎの理由を問い糾しますと、この祝宴はサルタンの結婚式の前触れであること、その日の夕方になる前にはそれが祝われるはずだという返事が返ってきたのです。

　この情報に彼女の悲嘆はことのほか大きく、彼女はとたんに気絶し、長く無言のままでした。しかし、意識を取り戻すや否や、彼女は決意を固めたのです。そして、こういう機会に慣わしになっているように、サルタンが入ってきて彼女に挨拶し、健康状態を尋ねたとき、彼女は奇抜な話を言い出したのです。そしておかしな態度はあまりにもうまく擬装されていましたので、彼女を見た者はみな彼女の気が狂れたものと確信したのです。しかも大きな効果を出すために、また自分の感情を思い切りぶちまけるために、サルタン本人に激しく飛びかかったのです。そして、サルタンが差し迫った婚礼の希望を捨て去ることを彼に自覚させてしまうまで、止めなかったのです。

　翌日、そしてその後数日間も引き続いて、姫はサルタンが近づくたびに同じ症候を示しました。国中でもっとも学のある医者たちが総がかりで診察に呼ばれたのですが、徒労でした。ある医者は姫の病は治せると言い張りましたが、他の医者たち——その言葉の言い分も姫の態度からして至極当然でした——は逆に彼女は不治だと明言したのです。いずれ

にせよ、どのような処置を試みても、それはたちまち彼女の状態をより悪化させる結果になったのです。

　さて、今度はしばらく姫の話はお預けにして、フィルーズ・シャー王子の話に戻らねばなりません。王子の悲しみはとても筆舌に尽くせないほどでした。先祖伝来の華麗な宮殿の中に最愛の人が居ない懸念に耐えかね、また彼女を自由にするためのどんな試みもせずに運命のなすがままに彼女を見捨てることもできなくて、王子は旅人に変装し、こっそりとペルシャ宮廷を抜け出し、彼女を探し求めて世界を漂泊し始めました。

　何か月も当て所なく無計画に漂泊しました。ですが、天は愛を貫く者をいつも助けるものですから、彼もとうとうカシュミールの国や、その首都に到着しました。そして目抜き通りに近づくと、一人の商人に出会い、この町の住民の生活や状態について彼から情報を得るため、話しました。すると、その商人は王子を見つめながら、驚いて言うのでした。

「ここで起きた不思議なことを何も知らぬところを見ると、あんたはずいぶん遠方からやってきたと見えるね。だってこの付近じゃ、どこでも、ここを通り過ぎる隊商の間でも、異国の少女や、黒檀の馬や、延期されたままの婚礼についての話が知られているんだからね。」

　王子はこれを聞くと、遍歴の目標が近づいていることを悟りました。そこで、町のほうをじっと嬉しそうに見つめながら、言うのでした。

「どうか話してください。わたしは何ひとつ知らないものですから。」

　すると、その商人はすでにわたしたちが語ってしまったことをすべてこと細かに王子に話したのです。そして話し終えると、言ったのです。

「おお、旅人さんよ、あんたはお若いのに目には知恵の輝きがある。もし病人を治す力もおありなら、言っておくけど、この町では幸運に恵まれるよ。なぜなら、サルタンさまがあの少女の正気を取り戻してくれる者には、王国の半分を提供するとお約束されたんだからね。」

国中でもっとも学のある医者たちが総がかりで診察に呼ばれました……。

そのとき、王子は心が奮い立つのを覚えたのです。予期していた幸運がサルタンから与えられるものとは異なるのだということを分かってはいたのですが。そこで、その商人から別れて、医者に変装し、宮殿へ伺候(しこう)しに向かったのです。
　サルタンは彼の到着を喜びました。なにしろ多くの医者が姫を治すと約束しはしても、かつてそれに成功したためしはなかったので、たとえどんな新参者であれ、サルタンに新たな希望を与えてくれたからです。でも今回の医者はどう見ても姫の病をますます悪化させるように見えたものですから、サルタンは彼を屋上テラスに案内したのです。そこからは自分の姿を見られることなく、姫を見とおすことができました。
　こうしてフィルーズ・シャー王子は愛しい人を探してはるか遠くにさまよった挙句、彼女が悲し気な顔をして泉の傍らに座って、目からは涙をさめざめと流しながら、嘆いたり歌ったりしているのを眼の前にしたのです。彼女の声と言葉を聞き、その痛ましい振舞いを見て、王子は彼女の病が仮病(け)だとすぐに察知し、サルタンの許に行って言うのでした。
　「この病は治せますが、わたくしが姫とお話する必要があります。どうか姫の近くに行かせてください、そして差しで話させてください。わたくしの命にかけてお約束します――わたくしの指図通りにすべてのことが成し遂げられれば、二十四時間以内に姫は完治されましょう。」
　この言葉にサルタンは大喜びして、さっそく姫の居室の扉を医者に開けるようにと命じました。こうしてフィルーズ・シャーは中に入ることができ、愛する人と二人きりになったのです。でも、彼の様相は苦しみや長い漂泊や手入れされない髭のせいで一変していましたから、姫は彼と見分けられませんでした。そして医者の服装をした別人を眼前にして、いつものようにあわただしく立ち上がり、激しく彼の背中に飛びかかり、彼の足許に倒れ込んでしまったのです。

王子は当て所なく、無秩序に何か月もふらふらと漂泊の旅をしました……。

王子は彼女に近づき、優しく彼女の名前を呼びました。するとその声を耳にするやたちまち、王子だと見抜き、叫び声を上げました。
　そのとき、王子は彼女の耳に口を当てて、言ったのです。
「おお、心底憧れの人よ、命が助かるようにしなさい、我慢するのです。わたしはそなたを救いにきたのだから。だが、サルタンがわたしが誰かを知れば、そなたもわたしも破滅する。ひどく嫉妬深い男だから。」
　すると、姫が訊き返しました。
「おお、わたくしを生き返らせてくれるのね。で、どうすべきなの？」
　王子は答えて言いました。
「わたしがここから出たなら、わたしがそなたの知力を嘲笑（あざわら）った振りをしなさい。しかも治療がまだ終わっていない振りもすること。だから、サルタンがそなたを見たら、悲しい姿を取り、素直になり、これまでやってきたように、サルタンをはねつけたりはしないこと。そして、わたしが彼からきっとそなたを救い出すことを懸念しないでおくれ。」
　こう言って、王子は姫を後にし、サルタンの許に返り、告げたのです。
「治療はいまだ終わっておりませんが、出かけて行って、姫の状態をご覧なさってください。ただし、あまり彼女に近づき過ぎないでください。なにせ彼女に取りついた悪しき魔神がわたしに取りついておりまして、いまだに振り払われてはおりませんゆえ。でも、明日の正午前には治療が終わるのをご覧になられましょう。」
　すると、サルタンは姫の許に出向き、言われた通りの彼女の姿を発見しました。それで大喜びし、感謝しながらフィルーズ・シャーを呼び寄せて言うのでした。
「たしかにそちは学者だわい。ほかの連中は気狂いでぺてん師だ。だから、そなたは命令を下すだけでよいぞ。すべてのことはそなたの意志どおりにそっくり成就することじゃろう。疑うでないぞ——そなたへの

姫は目から涙をさめざめとしたたらせていました……。

報酬は存分にしてあげるからな。」

　すると、王子は言いました。

　「どうか先に姫と一緒だったあの象牙と黒檀の馬を見つかった場所に戻してください、そしてそこへ姫も連れ出してください。姫がわたくしに手を差し出すや否や、彼女の中の悪しき魔神はすぐに飛び出してきて、魔神の元の住まいに逃げ込むことでしょう。そうすれば、治療は完了し、姫は全員の目の前で殿とともに喜ばれることでしょう。」

　サルタンはこれを聞くと、黒檀の馬の謎が明らかになりました。それで、新参の医者の意志どおりに万事を即刻実行せよ、と命じたのです。

　翌朝早く、馬は宝庫から引き出され、姫も先に見つかった場所に連れ出されました。周囲には群衆がむらがりました。そのとき、フィルーズ・シャー王子は姫の手を取り、馬の上に座らせました。そして、姫の前の鞍に跳び上がるや、上昇のねじを回すと、馬はただちに空中に飛び出し、仰天している群衆の頭上を通過したのです。上空から地上に身をかがませながら、王子は声を限りに叫びかけました。

　「カシュミールのサルタンよ、あんたの保護を求めている姫と結婚したいのなら、まず彼女の同意を得ることを学びなさい。」

　こう言って、馬を全速力で飛ばしました。そして、さながら矢のごとくに王子と姫は遠ざかり、みんなの視野から消え失せてしまったのです。

　ところで、ペルシャ王の町では、大喜びと大祝宴が二人を待ち受けていたのです。そこでは、ぐずぐずすることなく、婚礼が祝われましたし、国中の民衆が大喜びして、まる一か月間もお祭り騒ぎをしたのでした。黒檀の馬に関してはどうかと言いますと、ひどい苦しみと心配の原因だったものですから、王はそのからくりもろとも、破壊させたのです。他方、これの考案者はカシュミール王によって死刑に処されたのです。

　以上で魔法の馬とその考案者の話はお終いです。

コダダードとその弟たち

八　ランの町に昔、家臣たちを鐘愛し、また彼らからたいそう慕われた、強力で立派な王さまが治めていました。王にはたくさんの徳がありましたが、欠けていたものはたった一つ、後継人がいるという幸せをもつことだけでした。とても美しい大勢の妻がいたにもかかわらず、子息を持つことだけはできませんでした。天に絶えず願い続けていましたところ、とうとう夜中に甘い眠りに陥っていると、立派な顔つきをしたひとりの老人が前に現われて、こう告げたのです。

「そなたの願いは叶えられよう、とうとう望みのものを得られたのだ。目覚められ次第、起き上がり、お願いをし、二回跪きなさい。それから、宮殿の庭に行き、庭師を呼び、ザクロの実を持ってこさせ、欲しいだけその実を食べなさい。そうすればそなたの願いは叶えられよう。」

そこで、王は目覚めるや否や、夢を思い出して天に感謝し、起き上がって祈り、二回跪いてから、庭に出て、ザクロの実五十個を取り、一つずつ数えながらすべて食べました。

王はハーレムに五十人の妻を囲っておりまして、みんながしばらくしてから、妊娠していることを告げることができたのですが、ただひとり、美人ですばらしいピルゼーだけは、呼び出されても何も告げることができませんでした。それで王は彼女に対してひどい嫌悪を覚え、彼女を殺させようと考えました。というのも、王はこう思ったからです。

「きっと天は彼女を王子の母になさるのにふさわしくないと見ておられるのだ、余は天が嫌われている者をこの世から除去せねばならぬ。」

王はこう決めたのですが、大臣は王の決心を思いとどまらせるために、

しかるべき時にはおそらく彼女にも子息を産まれることでしょう、と申し出たのです。

「良かろう——と王は答えました——生かしておこう。でも、もう彼女を見られぬように、この宮廷から立ち去らせろ。」

「陛下はお従弟(いとこ)の王子サマルさまの許へお遣りになされるのがよろしゅうございます。」

すると、王はこの計画に賛成し、ピルゼーを手紙と一緒にサマリアへ送りつけたのです。その手紙には、従弟が彼女をよくもてなすよう依頼してありました。

さて、ピルゼーはサマリアに到着するや否や、子息の誕生が近いことを告げることができましたし、実際にまた、しばらくしてから陽の光のように美しい王子を産んだのでした。

サマリアの王子はハラン王にすぐさま手紙を書き、この喜ばしいニュースを伝えました。すると、王はそのことはたいそう嬉しいが、最近四十九人の子息が生まれたので、ピルゼーの子息を引き止めおき、コダダード——つまり、神の賜(たまもの)——なる名前を付けること、そしてこの子息を要求したときに送り返してくれるように依頼したのです。

さて、サマリアの王子は甥の教育には金に糸目をつけませんでしたし、このコダダードに、馬の乗り方や、弓の引き方や、その他王子にふさわしいすべてのことを教えさせましたから、王子は十八歳になると、神童と見なされたほどです。

ある日のこと、この若き王子は自分の由緒にふさわしい勇気を自覚して、母君に話しかけたのです。

「ぼくはサマリアには退屈しだしています。名誉が必要だという気がしているのです。ですから、戦争の危機の折には名誉を獲得する機会を求めに出掛けるのをお許しくださいませ。父上のハラン王には敵が多く

立派な顔つきをしたひとりの老人が前に現われました……。

いますし、何人かの隣人は父の安らぎを乱しております。ぼくは無名人として出掛けて、父にご奉仕したいのです。ですから、何か輝かしい働きをしてからでなくてはぼくだと分からせはいたしません。ぼくのことをご存じになる前に、父上から評価されるようになりたいのです。」

こうして或る日のこと、コダダードは豪華な盛装した白馬にまたがって出発し、ハランの町に到着しました。そこに着くと、すぐさま王に拝謁する方法を見つけました。王は彼の美しさや、その物腰に魅惑され、あるいはひょっとして、その家系の声にはっとしたからでしょうか、彼を愛情深く迎え入れて、名前と出身を尋ねたのです。

「王さま —— とコダダードは答えるのでした —— わたくしはカイロ首長(アミール)の息子です。旅への欲求から母国を後にして参りました。そして貴国を通りがてら耳にしたところでは、王さまは隣国との戦いに巻き込まれていらっしゃるとのことですので、わたくしは加勢したくてここに参った次第です。」

王は彼に儀礼の限りを尽くし、軍隊の中の一つの任務を与えたのです。

やがて、若き王子はその武勇で知られるところとなりました。将校たちからの尊敬を得、兵士たちからも称賛されました。しかも才気に劣らず勇気がありましたから、王からはたいそう好遇され、またたく間に王のお気に入りとなったのです。大臣たちや廷臣たちも彼からの友情を求めたり、助言を訊いたりして、その結果、日ましに王は彼を寵愛するようになり、ついにはもっとも難しい任務を委ねるに至り、王子たち —— つまり彼自身の実の弟たち —— の教育を委ねるまでになったのです。

ところが、この弟たちは嫉妬から彼のことをすでに嫌っていたものですから、彼を憎みだしたのです。

「どうしてまた —— と弟たちは互いに言い合ったのです —— 王はわれら以上に他国者(よそもの)を好むことに満足しないで、こんな者にわれらを命令さ

美人ですばらしいピルゼーは……。

せることまで欲したりなさるのだろう？　こんなことはとても耐えきれぬ。この他国者(よそもの)を始末しなくちゃなるまいて。」

「彼に襲いかかろう——とひとりが言うのでした——みんな一緒に、彼を打ちつけて死なせようぜ。」

「いや、いや——ともう一人が反対して言うのでした——、そんなことをしたら、王がわれわれに怒りだして、われわれを罰するために、みんな統治するのに値しない、と言明されるだろうよ。それよりも、王自ら彼に反対の行動を起こされるように仕向けようよ。そうすれば、われわれの復讐は確実で完璧になるだろうぜ。」

王子たちは全員この提案に賛成しました。それで、目的達成のために一計を案じたのです。つまり、コダダートの許に出向いて、その日一日がかりの狩りに行かせてください、と彼に乞うたのでした。

コダダードは快く応じました。それで弟たちは出掛けたのですが、戻ってこなかったのです。

弟たちがもう三日前からいなくなっていたとき、王が消息を訊きにやってきました。

すると、コダダードはお辞儀しながら、弟たちが日帰りを約束した上で、三日前に狩りに出掛けた、と答えたのです。

さらに一日が経過し、王は考え込み、怒りを抑え切れなくなりました。「無分別な他国者(よそもの)め——とコダダードに言うのでした——どうしておまえは余の息子たちにお伴をしないで勝手に行かせてしまったのかい？おまえは余を裏切ったのだ、おまえは約束の守り方も知らなかったのかい？　さあ、出掛けて彼らを探しなさい。全員を連れ戻すまで、おまえの命の保証はないぞ。」

この言葉に王子は血が凍るのを感じました。再び武装して馬に乗り、町を出て、弟たちがどこにいるかと隈なく探し、各村で彼らのことを訊

いたのですが、すべて徒労でした。数日後、広大な平原の中に聳え立つ黒大理石の城にたどり着きました。接近すると、窓辺にひとりの女性が目に入りました。すばらしい美人なのに、哀れなぼろぼろの服を着用し、髪はもつれており、顔には深刻な悩みの痕跡が浮かび出ていました。

　その女性がコダダードを見かけるや否や、遠くから合図し、泣き声で訴えかけてきたのです。

「おお、若い衆、お逃げなさい、この死に場からお逃げなさい。ここには怪物が棲んでいるのです。ここに棲みついているのは、人肉を喰らう黒い巨人なのです。彼は誰にも容赦しません。ここを通りかかる者すべてが彼の捕虜にされて、城の地下に閉じ込められ、彼にむさぼり食われるため、もはや脱出できはしませんの。」

「奥さん——コダダードが応じました——わたしのことはよいのです。貴女(あなた)にそんな不幸がどうして振りかかったのかを教えてください。」

「わたしはカイロの貴族の娘なの。そこからバグダッドへ行く途中で、黒人に出くわし、わたしの召使いたちはみな殺されてしまい、わたしだけここに連れてこられたの。わたしは死しか怖いものをもちたくないけど、この上なく不幸なことに、その怪物がわたしにおとなしくするように迫っていて、もし明日わたしがこの男の乱暴に屈伏しなければ、ひどいレイプを覚悟しなくちゃならないの。もう一回繰り返すけど、お逃げなさい！　もうすぐ黒人が戻ってくるわよ。ぐずぐずしている暇はないし、あなたが彼から逃げられるかどうかも分からないわ。」

　彼女がこの言葉を言い終えもしないうちに、例の黒人が姿を現わしました。見るからに並外れた巨人で、恐ろしい顔つきをしていました。

　王子は一目で、その巨人振りにびっくりしました。まず天の加護を乞うてから、サーベルを引き抜き、度胸をすえて黒人に対峙しました。すると、男はちっぽけな敵を軽蔑して、闘わずに降伏するよう要求したの

です。ところが、コダダードは自分で命を守りたがっていることをきっぱりと示したのです。近づいて行き、男の膝を力いっぱい打ちつけました。すると相手の黒人はあまりにもものすごい悲鳴をあげたため、平原一帯に響き渡りました。怒り狂い、口角に泡を吹かせながら、今度はその恐ろしい新月刀でコダダードに切りつけようとしました。でも、王子は危うくこれを回避することができたのです。新月刀は空中で恐ろしいヒューと音をたてました。そこで、黒人男が二回目に切りつけようとする前に、コダダードが男の右腕に力いっぱい切りつけたため、その腕を切断してしまったのです。恐怖の新月刀は黒人男の手に握られたまま地面に落ち、同時に男も激しい打撃のせいで、地面に倒れ込みました。王子はす早く馬から跳び降り、敵に突きかかり、その首を力をこめて撥ねたのです。この闘いをずっと目撃していた奥方は、この若者に感心しながら天に向かって熱い祈願をずっと捧げていたのですが、歓喜の叫びをあげて、コダダードに言うのでした。

「王子さま、あなたは立派に勝利されましたね。あなたのお顔からして、あなたは貴族のご様子。この仕事をやり終えてください。実は、この黒人は城の鍵を持っているのです。それを取り上げて、わたしを解放しにきてくださいな。」

そこで、王子が黒人男のポケットをかき回して探したところ、鍵束が見つかりました。

コダダードが最初の扉を開けて、広い中庭に入ると、そこに奥方がやってくるのを見つけました。彼女は彼が許せば、彼の足許に身を投げ出すつもりでした。

彼は奥方を間近に見て、当初思っていた以上に美女だと分かりました。そして、これほど優雅で美しい女性を救出する手段を授けてくれた天に心から感謝するのでした。ところが、彼が彼女を見つめていると、どう

黒人男に近づき、力いっぱい男の膝を切りつけました……。

やら城の地下から発しているらしい叫び声やうめき声が聞こえたのです。
「あれは何なのです？」と王子が尋ねました。
「囚人たちの嘆き声ですわ。あのほら穴にはあなたによる解放を待っている、それはそれはたくさんの不幸な者たちがおりますのよ。」
　コダダードは不幸な者たちを救出して得られる勝利に、かつてなく喜びを覚えて、奥方を従えながら、彼らに向かって急ぎ駆けつけました。コダダードが地下の扉の鍵穴に鍵を入れて回すと、囚人たちは例の黒人が毎日食物を運んできて、同時に彼らのうちの一人に自分自身の食事を運ばせるのだとばかり思い込んだものですから、彼らの叫び声は倍加したのでした。ところが、彼らを解放するために騎士が現われたとき、彼らの驚きと歓喜たるやいかばかりだったことでしょう！　その暗いほら穴には百人以上もの哀れな囚人たちが押し込められていたのです。彼らはこの知らせに、王子に向かって突進しながら、感謝感激でその足許に身を投げ出したのです。でも王子にとっても、運命は幸せな驚きを取っておいたのです。なにしろ、囚人のうちに王子の四十九人の弟たちをすぐに見分けたのですから。
「おお！　あんたたちだったのか──とコダダードは弟たちを見つけて叫びました──ほんとうなのか？　これであんたたちを父上にとうとうお返しできるのか？　父上はあんたたちが姿を消したのをひどく悲しまれているんだよ。」
　弟の王子たちは心から熱い抱擁を交わしました。彼らは監禁状態の苦しみで、自分たちの出発した動機をすっかり忘れていましたが、一緒に解放されたそのほかの囚人すべてとともに、コダダードに際限なく謝意を表したのです。
　王子たちが思い思いの感情を吐き出してしまうと、コダダードは城の周囲を散歩し始めました。そこを歩いていて、莫大な宝物、繊細な布地、

コダダードは奥方がやってくるのを見つけました……。

金襴、ペルシャ絨毯、中国の絹、その他あまたの商品が見つかりました。これらはかつてコダダードが殺した黒人が隊商を襲って分捕ったもので、その多くは、そのとき解放された囚人たちの持ち物だったのです。

　囚人たちは銘々それぞれの私物を見つけましたし、またコダダードもやはり公平に分配してやりました。でもそのとき、この上なく辺鄙な場所にぽつんと孤立した城からどうしたら商品を運び出せるか、という問題が持ち上がったのです。城の厩には、隊商の馬やフタコブラクダがまだいるはずだと考えられたのですが、これは実際そのとおりでした。厩は黒人奴隷たちが世話をしてきましたが、彼らは王子たちが姿を現わしたのを見て逃亡していたのです。そこで王子たちは馬を取り戻すことができ、そしてフタコブラクダは商人に返しましたので、彼らは商品をラクダに積み込み、感謝の意を改めて表しながら、コダダードに挨拶してから、各自出発して行ったのです。

　そこでコダダードは奥方のほうを向き、どちらへお伴したらよろしいですか、と尋ねました。こんな人の住まぬ場所に見捨てておくようなことは誰もきっとしなかったでしょう。でも、彼女はこう答えたのです。

　「わたくしの祖国はここからずいぶん離れています。でも、ご親切にもわたくしを連れ戻したいとおっしゃるのでしたら、申し上げますが、わたくしは祖国から永久追放されたのです。もう一言つけ加えますが、わたくしは先にお伝えしたような、カイロの貴族の娘に過ぎないわけじゃありません。実は前にお話したように、わたくしは王女なのです。ところが王位簒奪者が父の王座を横取りしたため、命を救うためわたくしは逃亡しなくてはならなかったのです。わたくしの不幸話に興味がおありなら、よろこんでお話しましょう。」

　そして、衆目を集めるなかで、王女はこんな話を語りだしたのです。

デリヤバールの王女

ある島に、デリヤバールという大きな町があります。そこは素敵で、有徳な強力な王が長らく支配してきました。

この君主は子息には恵まれませんでしたから、このことだけが幸せを欠いていたのです。王は絶えず天に願いを向けていたのですが、天が聞き届けたのは一部のみでした。なにしろ長く待った後で王妃が産んだのは、女児だったからです。

わたくしは実はこの不幸な王女なのです。父はわたくしの誕生を喜ぶよりも悲しんだのです。それでも神の志に従いました。父はわたくしにありとあらゆる配慮をして、教育を施させました。男子の息子がいないため、わたくしに統治の術を教えたり、王の後でその地位をわたくしに占めさせたりしようと心に決めたのです。

ある日のこと、王が気晴らしにちょっと狩猟に出掛けたところ、野生のロバを見かけました。後を追跡していくと、大勢の仲間からたいそう離れてしまったのに、夢中でずっと跡を追い続けたのです。そして、道に迷うかもしれないとは考えずに、夜まで追いかけたのです。とある森の入口でやっと立ち止まると、ランプの光が見えたため、父は或る村の近くにきたと思ったのでした。そのため、そこで一夜を過ごせるものと期待して嬉しくなり、その方角へと歩いて行ったのです。

でも、それは間違いでした。その光は山小屋に燃えている火によるものでした。近づいて行くと、驚いたことに大柄の怖い顔つきをした黒人がソファーに腰掛けているのが見えたのです。その怪物は大きなワインカップを前に持ちながら、まさにそのとき皮をはいだばかりの牛肉を火で炙っていたのです。ときおり、カップを口に当てたり、牛肉片を引き

ちぎったり、むしゃむしゃ食ったりしていました。でも、父の注意を特に引いたのは、一見、深い悲しみに沈んでいるとても美しい女の人でした。彼女は両手を縛られ、その足許には、二、三歳の幼児がさながら母の不幸に気づいてでもいるかのように、必死に泣いていたのです。

　父はこの光景に心を動かされて、すぐにも山小屋の中に入り、巨人に攻めかかろうと考えましたが、とてもこの闘いは勝てそうもないと判断して、時機を待つことに決めたのです。そのうち、巨人はカップを空にして、牛肉の半分以上を平らげてから、例の女の人のほうを向いてこう言ったのです。

　「麗しき王女さま、どうして頑(かたく)なにも、それほど残酷に貴女(あなた)を扱うようにわたしに強いられるのです？　貴女(あなた)の幸せは貴女(あなた)次第なのですよ。さあ、わたしを愛し、わたしに忠実を尽くすようにお決めなさい。そうすれば、わたしも貴女(あなた)にもっと優しくする手だてが見つけるでしょう。」

　すると、奥方は言い返したのです。

　「憎らしい好色男(サチュロス)よ、あんたがかき立てた恐怖が時とともに減少するなどとは思わないで。わたくしの目には、あんたはいつも怪物のまま変わりはしないでしょうよ。」

　すると、その巨人はむっとしていきり立ち、奥方に対して限りない悪口を浴びせました。そして怒り心頭に発して、彼女の髪の毛を摑み、片手で空中に放り投げ、もう片手ではサーベルを抜いて相手の頭を切り落とそうとしたのです。とそのとき、わたしの父が弓を張り、矢を発射したのです。その矢は巨人の腹に命中し、巨人は事切(こときれ)れました。

　そして父は山小屋に入り、奥方の縛られた手をほどき、あなたはどなたで、どんな冒険のためにここにやってきたのですか、と尋ねたのです。

　「殿——と奥方は答えるのでした——海岸にサラセンの一族が住みつき、一人の君主（わたくしの夫）を長としているのです。今しがたあな

ある島にデリヤバールという大きな町があります……。

たが殺害された巨人は、父の将官たちの一人だったのです。この男は哀れにも、わたくしに対して激しい情欲を抱き、それを満たすためにわたくしを誘拐することにしたのです。ある日のこと、人里離れた場所にわたくしが赤ん坊と一緒にいるところを急襲して、わたくしと赤ん坊も奪い取り、サラセン人の国から遠く離れた所に運び出し、この森の中に連れ込んだのです。」

「奥方——と父が答えました——貴女(あなた)の不幸な事件にたいそうわたしは悲しくなります。でも、その悲運もきっと良くなることを希望します。明日の早朝、この森を出て、わたしが王になっているデリヤバールへの道を探しましょう。そしてもしよろしければ、貴女(あなた)のご主人の主君が貴女(あなた)を求めてこられるまで、わたしの宮殿にお泊まりなさい。」

そこで、そのサラセンの奥方は申し出を受け入れて、翌日わたくしの父に従いました。父は森を出ると、部下の将官たちがみな懸命に父を探しているのが分かったのです。

こうして、一同はデリヤバールに戻りました。王（わたくしの父）はこの麗しい女性をもてなしましたし、坊やには躾や教育を施させたのです。奥方はわたくしの父の配慮に鈍感ではありませんでした。当初はかなり不安な様子で、夫が探しにやってくるのを待ち望んでいたのですが、少しずつ心を落ち着けて自分の運命に従うようになっていったのです。

そうこうするうちに、坊やも成長し、大人になり、しかも才気に欠けていたわけではありませんから、わたくしの父を楽しませる方法を見つけたのです。

わたくしの父が施した友情や愛情の証しに満足し、自分でも王位継承者とすでに思っていたものですから、彼はわたくしと結婚しようと考え、王にわたくしとの結婚を申し込んだのです。王はわたくしに関してはほかの計画がある旨を答えただけだったのですが、この拒絶はこの若者を

ランプの光が見えました……。

憤慨させて、復讐することを誓うに至ったのです。そして、謀反の先頭に立ち、わたくしの父を短剣で刺殺し、デリヤバール王を自ら宣言したのです。父を殺害してから、彼が最初に考えたのは、わたくしに結婚するよう迫るか、わたくしの命を奪うためにわたくしを探し出すことだったのですが、幸いなことに、彼がわたくしにたどりつく前に、ずっとわたくしの父に忠実なままだった大臣(ワジール)がやってきてわたくしを連れ出し、ある友人の家に匿(かくま)ってくれたのです。そのおかげでこっそり手配された舟で出帆することができたのです。それで、わたくしは島を後にしたのです。付き添いは一人の家政婦と忠実な大臣だけでした。

　さて、わたくしたちが出帆して数日後に、突如嵐が勃発し、あまりに荒れ狂ったため、わたくしどもの舟は岩礁にぶつかり、こなごなに砕けてしまったのです。この難破を間然(かんぜん)する間もなく、わたくしの家政婦、大臣、それに一緒に乗っていた全員が波に呑まれてしまいました。わたくしがどうやって救われたのかは申し上げられません。分かっているのは、わたくしが長らく無人の砂浜に失神していた後で意識を取り戻したということだけです。そしてしばらくしてから、男たちや馬どもの騒々しい物音が聞こえたのです。わたくしは何ごとかと振り返りました。すると、武装した騎士の群れが見えました。そのうちの一人はアラブの馬に乗り、銀の刺繍を施した服をまとっているのを目にして、この男が頭(かしら)に違いないことはすぐ分かりました。どの騎士たちもわたくしの周囲に群がり、そして海面にはいまだわたくしらの難破した舟の残骸が浮かんでいるのを見て、彼らはわたくしが波でここに運ばれたことを理解し、わたくしに関心を寄せて、わたくしを腕で抱え上げたのです。すると、彼らの王は彼らからのわたくしについての消息を待ち切れなくて、す早くわたくしから話をじかに問い糾(ただ)したのです。わたくしが一部始終を告げ、そしてわたくしはむしろ仲間と一緒に自分も波で滅びたほうがよか

わたくしどもの舟は岩礁にぶつかり、こなごなに砕けてしまいました……。

った旨を告げながら、わたくしの心痛を表わしたのです。ところが彼らの王はわたくしを勇気づけ、鼓舞し、わたくしを見棄てたりはしない、と確約したのです。わたくしを彼の宮殿に迎え入れて、彼の母である妃から優しく癒してもらえること、運命はわたくしにとり再び寛大に好転するだろう、と。この言葉でわたくしは元気を回復し、彼の王宮に運んでもらい、そこでわたくしは妃の前で不幸話をやり直さざるを得なくなったのです。妃はこの話に同情し、わたくしに好意を寄せるようになったのです。一方、妃の子息である王は、何かとわたくしに配慮してくれて、すぐにわたくしに求婚し、女王の位を申し出てくださったのです。ひどく困窮しているときに救助されて、しかもわたくしとしても彼に愛情を抱いたものですから、この申し出を受け入れたのです。

　わたくしどもの婚礼が終わる間もなく、街は盗賊団に襲撃されました。襲撃は夜間に行われ、それがあまりに突然だったため、誰も防衛する時間がありませんでした。町中が破壊され、王宮にその知らせが届く前に、兵士たちは殺されてしまったのです。敵が宮殿に入り込んだとき、わたしくどもは海へ通じる秘密の通路から逃亡することができました。海に舫いであった一艘の小舟が、おそらくは屋根よりも安全な隠れ場をわたくしたちに提供してくれたのでした。

　二日間わたくしたちは風や潮に押し流されて、どの方向に進んでいるのかも分かりませんでした。ところが三日目に、嬉しいことには、わたくしたちに近づいてくる一艘の船を遠くに見つけたのです。助けられることを期待したのです。ところが、舷側の男たちは漁師でも商人でもなくて、海賊だと分かったときのわたくしたちの驚きたるやいかばかりだったことか！　彼らはわたくしたちの小舟に接近して、わたくしと夫を捕虜にした上、彼らの船で運び去ったのです。それから、彼らの頭領の前に連れ出されると、頭はわたくしの顔のヴェールを巻き上げました。

彼らはわたくしを腕で抱え上げたのです……。

みんながわたくしを見て、大きな叫び声を上げ、激しい争いを始めたのです。なにしろみんながわたくしを自分のものにしたがったものですから。この葛藤はものすごく燃え上がりました。海賊たちは闘いを始めました。船の甲板はたちまち死体だらけになりました。生き残った唯一の男は、わたくしの主人になるのだと思って、こう訊いたのです。

「そこのお伴をしている若者は誰なのだい？　恋人なのか、兄弟なのか、たんなる奴隷なのかい？」

「いいえ — とわたくしは答えました — これはわたくしの夫です。」

「それなら — と海賊は続けました — こいつの命を奪ってやろうぜ。他の男の手に渡るのを見る苦痛をはぶいてやるためにな。」

こう言いながら、男はこの不幸な王を摑むと、縛りにかかったものですから、わたくしは止めさせようと全力を尽くしたのですが、王を海中に投棄してしまったのです。

このようなむごい死にざまを前にして、わたくしの苦しみは計り知れませんでしたから、もし自分も縛られていなかったら、わたくしも海に身投げしたことでしょう。けれども、大儲けできると期待して、海賊はありとあらゆる心配りをわたくしにしていたのです。それは舷側にいたときばかりか、港に着き、陸路カイロに向かう道中でも変わりませんでした。しかも、この旅の間に、今しがたわたくしの傍らにあなたが見つけました、恐ろしい黒人から襲撃もされたのです。実に長い闘いをした後で、海賊は付属の隊商の男たちもろとも殺されてしまったのです。この哀れな男たちは飢えた黒人の食料になりました。そして、黒人はわたくしを自分の城に運び込み、わたくしが彼の要求に屈するように、絶えずわたくしに迫害を加えたのです。そこへあなたがとうとう駆けつけて、わたくしを解放なさったというわけです。

デリヤバールの王女が冒険譚を終えたとき、コダダードはすぐさま同

デリヤバールの王女。

情して、こう言い添えたのです。

「よろしければ、貴女(あなた)の案内人、貴女(あなた)の命にならせて頂けるなら、この先は貴女(あなた)は安全無事であられましょう。ハラン王の子息たちが父王の宮廷で貴女(あなた)を匿われましょう。お受けください。貴女(あなた)はそこでみんなから愛され、大事にされるでしょう。そして、もし貴女(あなた)の解放者の名誉を無視されないのでしたら、どうか貴女(あなた)を彼らの前におつれして、王子たち全員の前で貴女(あなた)に求婚することをわたしにお許しください。そうすれば、彼らはわたしの誓約の証人になってくれますから。」

王女は同意しました、そしてその日に城内で結婚式が執り行われたのです。そこには、あらゆる種類の大量の蓄えが保管されていました。

盛大な結婚の祝宴が終わると、一同は歩いて、ハラン王の宮廷へと向かいだしました。道中、コダダードは言うのでした。

「王子たちよ、ずっと前からわたしは自分が何者かということをあなたたちに隠してきた。あなたたちが目にしているこのわたしは、あなたたちの兄コダダードなのだ。わたしの父はハラン王で、ピルゼー姫はわたしの母君なのだ。」

すると、王子たちは生まれあわせたコダダードを祝い、喜びを表しました。ところが、彼らの心底では、兄への憎悪がいや増すばかりだったのです。彼らはコダダードが眠っている間に離れた場所に集まって、自分たちが蒙ってきた感謝の数々を忘れてしまい、彼を暗殺することに決めたのです。そして、彼に短刀を何回も突き刺してから、王女の両腕に彼を置き去りにしたまま、大急ぎでハラン王の許に駆けつけたのです。

彼らの到着に王は大喜びしました。もう再会できまいと絶望していたからです。そして、彼らに長らく留守にした理由を尋ねたのです。すると彼らは黒人男のことも、コダダードのことにも触れないで、こう言ったのです——生国を見たいという気持ちに勝てなかったものだから、い

くつかの近くの町に止どまっていたのです、と。
　一方、コダダードは血の海に浸かったまま、横たわっていました。そして、夫が半死の状態のままなので、王女は悲痛な叫び声であたりを充たしていたのです。
　「おお、天よ、わたくしに不幸でいっぱいの漂泊の生活を強いながら、わたくしが二人の夫を持つことを望まれないのに、どうしてわたくしがそれを見つけるように仕向けられるのですか？」
　ところが彼女はこのように泣いている間に、不幸せなコダダードがまだ息をしていることに気づき、そこで一抹の希望を抱いて、近くの国に駆けつけて、外科医を探したのです。幸いにも医者が見つかったので、付いてきてくださいと頼みました。ところが、王女がコダダードを残してきた場所に着いてみると、そこにはもう誰もいなかったのです。それで王女は何か野獣がコダダードをむさぼり食うために攫っていったものと想像して、またも泣いたり絶望したりし始めたのです。
　外科医はこの苦しみを見て心を動かされ、彼女についてくることを申し出、そして自分の家や世話人を提供しましょう、と言ったのです。
　彼女が説得を受け入れたので、外科医は彼女を家に案内し、あらゆる気遣いを払いながら応接しました。でも、どんなに彼女を慰めたり、気晴らしさせたりしようとしても駄目でした。絶えず泣いたり、絶望したりするのでした。そしてとうとう或る日、彼女はさんざんせがまれた末に、自分の長い災難話を語ることに決めたのです。
　「奥さん——と外科医は彼女が痛ましい話を語り終えたときに言ったのです——事情が事情だけにあえて言わせてもらいますが、貴女(あなた)は絶望に落ちいっていてはいけません、むしろ意志を強くして、妻としての名誉と義務が貴女(あなた)に要求することをなされるべきです。ご主人の復讐をなされるべきです。わたしが従者になります。一緒にハラン王の宮廷に

デリヤバールの王女

参りましょう。そして、貴女(あなた)はコダダード王子に弟たちがどんなことを為したかを語りなさい。きっと王は貴女(あなた)を公正に扱うでしょうから。」

　王女は説得されたとおりにしました。それで外科医はすぐに旅支度をして、二人は出発し、ハランの町に到着したのです。

　到着すると、見つかった最初の隊商の囲い地に立ち入り、あるじに宮廷についての情報を尋ねました。

　「宮廷は大変悩んでいます」というのが返事でした。王には王子がひとりおり、この王子は身分を隠して長らく一緒に暮らしていたのに、今ではもう消息不明になっている。母君のピルゼー妃は四方八方捜索したけれども、いつも徒労に終わった。この王子はほんとうに立派だったから、その死のことをみんなが悲しんでいる。王にはほかに、すべて異母の四十九人の子息がいるのだが、コダダードの死の悲しみから王を慰められるだけの者は一人もいない。コダダードの死は確かであり、それというのもどんなに探してもすべて徒労に終わったからだ。

　こういう言葉を聞いて、外科医は即座に思ったのです——デリヤバール王女はピルゼー妃の前に出頭すべきだろう、と。でも、これは慎重に行う必要があったのです。それで、ハラン王の王子たちから誘拐される危険に王女を曝さないために、外科医は隊商の囲い地に王女を居残らせて、自分だけで王宮に向かったのです。道中、派手に飾り立てたラバに乗っている婦人に出くわしました。大勢の下女や兵士や黒人奴隷を従えていました。民衆はひれ伏して挨拶しながら、両側に列をなして行く手をあけていました。外科医も深くひれ伏しました。そして、ひとりの乞食に彼女は王妃なのかどうかと訊いたのです。

　「そうだよ——とその乞食が答えました——みんなから一番敬われ、愛されているだよ。あんたも噂に聞いたろうが、コダダード王子の母上なもんでな。」

王女がコダダードを後にしてきた場所に着いてみると、そこには誰もいなかったのです……。

外科医はそれ以上は尋ねませんでした。ピルゼー妃の後ろについてモスクにまで行きました。彼女は施し物をしたり、コダダードの無事帰還のための王命による公けの祈祷に出席するために向かっていたのです。
　民衆は若い王子の運命をたいそう気にしていましたので、聖職者たちの祈りに唱和しようと駆けつけてきましたから、モスクは人であふれていました。外科医は何とか群衆の間をより分けて進み、王妃の傍らに到着しました。それから祈祷に加わり、ひとりの奴隷に近づいて、その耳許で尋ねたのです。
「なあきみ、わたしは王妃に大事な秘密を打ち明けなくちゃならないんだ。きみのとりなしで、王妃の居室に案内してはもらえまいか？」
「それがコダダード王子に関する秘密なら —— と奴隷は答えました —— 今日にも許されることを約束しますよ。でもそうではないのなら、あんたが王妃に近づこうとしても無駄ですよ。王妃はいなくなった王子のことしか考えてはおられぬし、ほかの人のことについて聞きたがりはなさりませんから。」
「わたしが申し上げたいのは、まさにその王子のことなんだよ」と外科医が言い返しました。
「それじゃ、宮殿まで付いてきなされ。間もなく会えるじゃろうて。」
　案の定、ある男がコダダードのことをお会いして申し上げたがっています、とピルゼーに告げられるや否や、王妃は彼を応接室に入らせたのです。それから、二人のごく忠実な侍女をのぞき、ほかの侍女たちを遠去けさせてから、外科医に向かって、何を伝えたいのかい、と待ちどおしそうに尋ねたのです。
「お妃さま —— と男は相手の足許にひれ伏してから、口を切ったのです —— わたくしはとても驚かれるようなことをたくさん申し上げなくてはなりません。」

二人はハランの町に到着したのです……。

そして、コダダードとその弟たちに起きた一部始終を語り出しました。
　王妃はむさぼるように傾聴していたのですが、外科医が王子の暗殺のことを語ると、優しい母君はまるで王子が突き刺されたのと同じ打撃を受けたかのように、ソファーの上に倒れて気絶してしまいました。二人の侍女がすぐに助け起こして、意識を回復させました。
　それで、外科医はさらに話を続けたのです。話し終えると、王妃はこう言うのでした。
「デリヤバールの王女を探しに行って、わたくしからだと告げなさい——王は彼女が息子の嫁だとすぐに見分けられることだろう、と。あなたに関しては、奉仕にたっぷり報われるものと思いなさい。」
　外科医は今しがた出かけたところでしたが、ピルゼーはいまだに打ちのめされ、錯乱したままソファーの上に座っていました。そのとき、王が入ってきたのです。ピルゼーのこの状態を見て、コダダードについての情報があったのかどうかと尋ねました。
「ああ、悲しや——と王妃は答えました——消息は途絶えました。息子は死にました。しかも不運の極みなことに、息子に埋葬の名誉も施してやることもできないのです。獰猛な野獣が哀れな遺体を貪り喰らったのですから。」
　そして、外科医がこの悲しい事件について語ったことをこと細かく王に告げたのです。
　すると、王は話をすべて終えさせないで、悩みと怒りに圧倒されて、拝謁がなされたり、廷臣たちが待機したりしている広間に駆けつけて、玉座に登るなり、大臣(ワジール)を呼びつけてこう言ったのです。
「大臣ハサンよ、朕は一つ命令する。ただちに余の護衛千名を使って、余の息子たち全員を捕らえさせて、暗殺者どもの塔の中に閉じ込めよ。しかもこれらすべてのことを寸時にやってしまうのじゃ。」

この異常な命令に並みいる者たちはみな震えました。大臣は無言のまま、服従の印に片手を頭に置きながら、王に命じられたことを遂行しに出て行ったのです。そうこうするうち、王は拝謁を待っていた全員に別れを告げ、一か月間誰とも所用の話をしない旨を公表したのです。

　王が独りで考え込んでいると、大臣が戻ってきて、使命が遂行されたことを報告しました。王はそれを聴いてから、言うのでした。

　「さあ、隊商の囲い地に行って、王女を探し出し、ここに連れてきなさい。身分相応にあらゆる敬意を払うのを忘れるなよ。」

　大臣は急いで、この第二の使命を遂行しにかかりました。指揮官(アミール)たちや廷臣たち全員とともに馬に乗り、デリヤバールの王女のいた隊商の囲い地に向かい、与えられた命令を告げ、そして王の側から提供された美しい白ラバ一頭を彼女に申し出たのです。そのラバには鞍のほかに、エメラルドやルビーを鏤めた手綱がついていました。

　こうして彼女は民衆が夢中になっているところを、華やかに王宮へと扈従(こじゅう)されてきたのでした。

　デリヤバールの王女は、王が宮殿の扉口で待っているのを見ました。彼女の手を取り、ピルゼー妃の居室に案内すると、そこではたいそう感動的な光景が湧き上がりました。

　お互いに少しばかり苦しみを吐露してから、デリヤバールの王女はコダダードの事件を語り、最後に、犯罪人たちへの復讐を依頼したのです。

　「さよう──と王は応じました──悪人どもは破滅することだろう。でも、まずはこのコダダードの思い出に礼を尽くさなければなるまい。」

　そして、大臣(フジール)のほうを向いて、ハランの町付近の美しい平原に、白大理石のドームを建立させることを命じたのです。

　そこで、大臣は懸命に働かせ、大勢の労働者を使ったために、僅かな日数でそのドームは建立されましたし、その下にはコダダードを象(かたど)った

デリヤバールの王女　149

像つきの墓が立てられました。万端整うと、王は祈祷することを命じ、この子息の葬儀のために一日を定めたのです。

　当日には王は大臣や宮中の主だった廷臣たちを従えて墓参し、そして金の花飾りのついた絹の素晴らしい絨緞の上に座りました。その後ろからは、夥しい数の騎兵がきて、頭を下げ、目を地面に向けたまま墓の周りを二周し、最後の三周目に、扉の前に立ち止まって叫ぶのでした。

「王子さま、もしわたしどもの新月刀の刃で御身の心痛を少しでも慰められますれば、御身に光を再見させて差し上げましょう。されど王中の王は命じられましたし、死の天使は服従してしまいました。」

　こう言って、一行は退却し、黒ラバに乗った長い白髭の百名の老翁(おう)たちに場所を空けたのです。彼らはひっそりと洞穴の中で一生を送る隠者たちで、ハランの王や王子の葬儀の折にしか姿を見せなかったのです。

　それで、老翁(おう)たちが叫びました。

「王子さま、わたしどもは王子さまに何をして差し上げられましょうぞ？　祈祷と術でお命を回復できるのなら、わたしどもの髭を御足元に引きずり、わたしどもの祈りを唱えましょうが、宇宙の王が御身を永久にさらって行ってしまいました。」

　そして老翁たちの後にやってきた五十人の少女たちは、絶世の美人ぞろいで、銘々がヴェールなしで白馬に乗り、ありとあらゆる種類の宝石でいっぱいの金の小籠を帯同していました。そして、墓の周りを二周回ってから、一番若い女の子が叫んだのです。

「王子さま、かくもおきれいとはいえ、どの飾りがお役に立ちましょう？　わたしどもの願いでもしも御身の意識を回復できるのでしたら、御身の奴隷にもなりましょう。でも御身はもう美には感動なされませんし、もうわたしどもは不要なのですわ。」

　少女たちが引き下がると、王と廷臣たちも三回墓の周囲を回り、そし

王は彼女の手を取り、ピルゼー妃の居室に案内しました……。

て最後に王は叫ぶのでした。
　「おお、最愛の息子よ、わが目の光よ、さては永久にそちを失ってしまったか？」
　そして、泣いたり嘆いたりしました。廷臣たちも一斉に嘆き悲しみました。それから墓の扉が閉ざされ、みんなは町へ引き返したのです。翌日から引き続き数日間、いや一週間ずっとすべてのモスクの中で共同の祈祷が続けられ、最後に九日目に、王は息子である王子たちの頭を撥ねさせる決心をしたのでした。
　そして、すぐさま処刑の準備が始まりました。ところが、突如ニュースが届いたのです。すでにハラン王に宣戦布告を行っていた隣の王たちが大勢の軍隊を率いて進出し、もう町の近くに迫っているというのです。そこで王は処刑を延期するように命令し、住民たちを軍隊に召集し、そして敵が攻め入り町を攻囲するのを待たずに、決然として戦場に出征することにしたのです。
　隊列が整い、配置につくと、王は攻撃合図のラッパを鳴らさせ、全力で味方の兵士を突撃させました。しかし、敵は猛烈に抵抗しました。当初は勝利が漠然としていましたが、しばらくすると敵が有利に見え始め、敵はハラン王の軍隊を巻き込んだり、押し潰したりしにかかったのです。
　ところが突然、遠くから全速力ではっきりと前進してくる多数の騎兵が姿を見せたのです。これら兵隊の出現に両方の敵対者たちはびっくりして、成すすべもありませんでした。でも、この不確かな状態は長くは続きませんでした。ハラン王の敵たちは側面に襲撃を受けて、ひどく慌てふためき、またたく間に錯乱して、逃亡させられてしまったのです。
　ハラン王はこの予期せぬ助けにたいそう驚き、急いで騎兵隊長に感謝しに歩いて向かったのですが、それが息子のコダダードと知ったときの王の驚きたるや、いかばかりだったことでしょう。

ありとあらゆる種類の宝石でいっぱいの金の小籠を帯同しながら……。

「父上——とコダダードが話しかけました——死んだと思われていた男が御前に突然姿を現わして、びっくりなされたのも当然です。でも、敵に対抗するお役に立てるよう、わたくしを天は取っておいたのです。」

「おお、息子よ、さてはそちは天から余に返されたというのかい？」

こう言いながら、二人は優しく抱擁し合ったのです。

「余は全部分かっておる——と王はしばらくしてから続けました——そちの弟たちがどんな仕方でそちの奉仕に報いたかを存じておる。でも、心配は要らぬ。すぐに仕返ししてやるがいい。とにかく、宮殿に行こう。余を待っているおまえの母も敵の敗北を喜んでくれるよ。しかも余の勝利がそちの働きによると分かれば、母の喜びはいかばかりか。」

「父上——とコダダードが答えて言いました——どうしてわたしに振りかかった出来事をお知りになったのか、質問させてくださいませ。もしや弟たちのひとりが後悔にかられて、告白でもしたのでは？」

「いいや——と王が答えました——それはデリヤバールの王女だったのじゃ。彼女がすべてのことを知らせてくれたのだ。宮殿へやってきたからだ、それもただ復讐を求めるためだけにな。」

コダダードは王女が宮殿にいることを知って大喜びし、大急ぎで父と一緒に例のドームへ駆けつけたのです。

ピルゼーと王女は勝利を祝うために王を待っていましたが、王と一緒の若者を見たとき、最初は覚えた喜びをとても言い表わせませんでした。やっと口に出せたとき、ピルゼーは息子に対して、どういう奇跡でなおも生き永らえたのかと尋ねたのです。

するとコダダードは、自分が負傷して横たわっていたちょうどその場をたまたま通りかかった農民によって収容され、その家に連れ込まれて、ある薬草で治療されたため、しばらくしてから回復した旨を答えました。

「元気になってから——と彼は付け加えるのでした——その農民に感

謝し、身につけていたダイヤモンドをすべて贈りました。それから、わたしはハランの町に向かいました。そして道中、隣の王たちがあなた方に立ち向かうため兵隊を召集したことを聞きつけました。そして当時わたしは村々で名を知られておりましたから、村民たちに熱意をかきたてて、武器を手にして立ち上がらせたのです。こうしてあまたの若者を武装させて、わたしは彼らの先頭に立ち、戦端の火蓋が切られたときに到着したのです。」

　王子が語り終えるやすぐに、王は口を開くのでした。

　「コダダードを守っておいてくださったことを天に感謝しよう。さあ、彼を殺害しようとした裏切者どもは滅ぼさなくちゃならん。」

　「父上——とピルゼーの寛容な息子は答えました——彼らがどれほど恩知らずの悪者にせよ、父上の血を分けた者たちだということをお考えください。彼らはわたしの弟たちなのです。わたしは彼らの罪を許します。どうか父上も許してやってくださるようお願いします。」

　こういう高貴な思いに、王は思わず涙を催し、民衆を集合させてから、コダダードを後継者だと公言したのです。それから、囚われの者たちを呼び寄せるように命じました。そしてピルゼーの息子は彼らを鎖から解放してやり、みんなを次々に抱擁したのです。

　民衆はコダダードの優しい心に魅惑されて、熱狂しながら、長らく拍手を送りました。

　そして最後に、外科医はデリヤバール王女に尽くした奉仕のお礼に、大量の素敵な贈り物を手にしたのでした。

訳者あとがき

私は大地と空と波を支配していますが、
このランプとその持ち主の奴隷なのです。
ご主人さま、あなたは何をお望みですか？
　　　──「アラジンと魔法のランプ」(1)

　これは『千夜一夜物語』からの有名な引用句だ。エリスはこの"魔法のランプ"を使えば人生は楽になると説いている。それは「今この瞬間を大切にせよ」ということであり、"present"が「贈り物」と「今」の両義を有することの真意へと繋がっていく。

　洋の東西を問わず、おしも押されもせぬ物語の筆頭にくるのは『千夜一夜物語』（アラビアン・ナイト）だろう。この物語が初めて世に現われたのは十世紀半ばで、イランのハザール・アフサーンの『千物語』が原典とされている。現代の形態を取るに至ったのは、十四世紀後半から十六世紀初めらしい。

　最初のヨーロッパでの訳はガランの仏語訳（1704-1717）、そして英訳（1839-1841）、スペイン語訳（1882-1884）と続いた。有名なバートン卿の英訳は1885-1888年にかけてなされた。(2)

　本書は元はイタリアの古書店から入手したもので、アルトゥーロ・ヤーン・ルスコーニが主としてガラン訳に基づき、マルドリュス訳も加味して、エドモン・デュラクの原画(3)を鏤めたとても楽しいイタリア語豪華版の全訳である。

　本書に選ばれているのは大部な物語のうちから、「お伽噺(とぎばなし)」や「空想物語」、「逸話」の類である。いずれも興味津々たる物語であり、ページをめくると、最後まで引き込まれてしまうこと請け合いである。

　拙訳は豊島与志雄ほか訳の岩波書店版（1983）、バートン版を底本とする大場

正史訳のちくま文庫版（2004）を参考にさせて頂いた。しかし、「コダダードと弟たち」や「デリヤバールの王女」のように、わが国の刊本には見られない物語も収録されているので、存在理由は充分にあると思われる。訳者が学部生のときに学んだアラビア語がこのような形で結実しようとは！　天のみぞ知る、である。

  2014年10月15日

谷口伊兵衛 識

(1) K・エリス（本田理恵訳）『いつもなぜかうまくいく人、頑張っても報われない人』（実務教育出版、2001）、20頁。
(2) バートン卿の英訳には拙訳『バートン版ピルパイの寓話集』（下田出版KK、2011）も存在する。
(3) これは元来Hodder & Stoughton社版（1907）に収められたもので、デュラクの傑作と見なされている。ガラン仏訳（抄訳）『アラジンと魔法のランプ』（1994）も同じくデュラクの挿画入りになっている。

（本書収録の挿画には、一部破損している箇所があるが、これは原書でも欠損しているためである。また、諸般の事情でフル・カラー版は断念し廉価版にした。ご容赦願いたい。）

〔訳者紹介〕

谷口　伊兵衛（たにぐち　いへえ）

　　1936年　福井県生まれ
　　　　　翻訳家。元立正大学教授
　　主著訳書『クローチェ美学から比較記号論まで』
　　　　　　『ルネサンスの教育思想（上）』（共著）
　　　　　　『エズラ・パウンド研究』（共著）
　　　　　　『都市論の現在』（共著）
　　　　　　『中世ペルシャ説話集 ── センデバル ──』
　　　　　　『現代版　ラーマーヤナ物語』（ラクシュミ・ラー）
　　　　　　『オートラント綺譚』（ロベルト・コトロネーオ）
　　　　　　『ギュスターヴ・ドレの挿絵21点に基づく　夜間の爆走』
　　　　　　　（ヴァルター・ミョルス）
　　　　　　『図説「マクナイーマ ── 無性格な英雄」の世界』（カリベ画
　　　　　　　／アントニオ・ベント解説）
　　　　　　『痴愚神の勝利』（ファウスティーノ・ペリザウリ）
　　　　　　『フランチェスコ・コロンナ「ポリフィーロの夢』』（シャル
　　　　　　　ル・ノディエ作）

図説「千夜一夜物語」（アラビアン・ナイト）

2015年11月25日　第1刷発行

定　価　本体1800円＋税
編　者　A・J・ルスコーニ
訳　者　谷口　伊兵衛
発行者　宮永　捷
発行所　有限会社 而立書房
　　　　〒101-0064　東京都千代田区猿楽町2丁目4番2号
　　　　電話 03(3291)5589／FAX 03(3292)8782
　　　　振替 00190-7-174567
印　刷　株式会社 スキルプリネット
製　本　有限会社 岩佐

落丁・乱丁本はおとりかえいたします。
ⓒIhee Taniguci, 2015. Printed in Tokyo
ISBN 978-4-88059-387-6 C0097